건물주의
기쁨과 슬픔

건물주의 기쁨과 슬픔

왜 나는 월 500 임대료를 포기하는가

© 김재호

초판 1쇄 인쇄 2022년 11월 10일
초판 1쇄 발행 2022년 11월 24일

지은이 김재호
펴낸이 박지혜

기획·편집 박지혜 ┃ 마케팅 윤해승, 장동철, 윤두열, 양준철
디자인 this-cover
제작 삼조인쇄

펴낸곳 ㈜멀리깊이
출판등록 2020년 6월 1일 제406-2020-000057호
주소 03997 서울특별시 마포구 월드컵로20길 41-7, 1층
전자우편 murly@humancube.kr
편집 070-4234-3241 ┃ 마케팅 02-2039-9463 ┃ 팩스 02-2039-9460
인스타그램 @murly_books
페이스북 @murlybooks

ISBN 979-11-91439-20-5 03810

건물주의

기쁨과
슬픔

**왜 나는 월 500
임대료를 포기하는가**

김재호 지음

멀리깊이

서른셋, 건물주가 되었다

이 책은 서른셋의 나이에 서울에서 8억 매매가에 원룸 건물 하나를 사서 10년 동안 건물주로 산 이야기를 다루고 있습니다. 아마 이 글을 읽는 많은 분이 젊은 나이에 건물주가 된 것도, 건물주가 되기 싫어 몸서리를 치는 것도 쉽게 납득하지 못하리라 생각합니다. 그러나 세상에는 좋기만 한 일도, 나쁘기만 한 일도 없습니다. 제겐 건물주가 딱 그랬습니다.

10년 동안 건물을 운영하면서 100명이 넘는 세입자를 받아, 한 달 평균 약 500만 원 정도의 수익을 얻었습니다. 서른셋에 건물주가 되었으니 '물려받은 재산이 있었나 보다.' 생각하실 수도 있겠지만, 당시 저는 보통의 회사원이었고, 건물 역시 온전히 회사를 다니면서 번 월급으로 구매했습니다. 어떻게 그럴 수 있었는지 의아해하는 분들이 많다는 것을 압니다. 이후 돈 모은 이야기도 하나씩 풀어보겠습니다.

저는 부동산 고수가 아닙니다. 건물은 처음 사본 데다가 아직 팔아본 경험도 없습니다. 즉, 건물 매수 1회가 부동산과 관련된 제 경험의 전부입니다(제가 살 집의 전월세 계약은 여섯 번 해봤네요). 좋은 땅을 보는 눈도 없고 건축에도 무지해서, 잘 지은 건물을 봐도 '저 건물은 정말 잘 지었다.'라는 판단도 내릴 줄 모릅니다. 하지만 부동산 운영에 대해서는 꽤 많은 경험을 쌓았고, 다른 사람들보다 훨씬 잘해내고 있다고 생각합니다.

'조물주 위에 건물주'라는 이야기를 많이들 하는 것 같습니다. '장래희망은 건물주'라고 말하는 사람도 참 많습니다. 이 책은 건물주의 좋은 점에 대해 쓰는 책이 아닙니다. 그런 책은 세상에 널렸습니다. 여러분이 실제로 건물주를 해보면 상상하는 것만큼 좋지 않다는 것을 아실 수 있을 겁니다. 어쩌면 다시 회사원으로 돌아가고 싶어질지도 모릅니다. 이게 무슨 개소리냐고요?

건물주 노릇은(되기만 한다면) 누구나 해낼 수 있는 일입니다. 하지만 생각하는 것처럼 즐거운 일만은 아닙니다. 건물주만 아니었다면, 극도의 스트레스를 받으며 형사소송을 벌이는 일도 없었을 것이고, 세입자의 떨리는 목소리를 들으며 한밤중에 변기 뚫으러 출동하는 일도 없었겠지요. 월 500만 원을 준다는 데 그깟 일도 못하겠냐고 생각하실 분이 많겠지만, 저는 세입자 차를 긁어대는 미친 이웃을 만난 덕에 충격과 공포에 사로잡혀 밤낮 없이 CCTV를 초조하게 바라보는 일도, 뭘 집어넣은 건지 알 수 없는 꽉 막힌 변기를 하염없이 '뚫어뻥'으로 쑤셔대는 일도 다시는 경험하고 싶지 않습니다.

돈 버는 일 중에 쉬운 일은 없다는 당연한 이야기를, 제가 겪은 경험을 통해 들려드리겠습니다. 얼마나 많은 분에게 공감을 얻거나 도움이 될지는 잘 모르겠습니다. 재밌게라도 읽어보셨으면 좋겠다는 마음으로 써 내려가 보겠습니다.

차례

1장. 월급 모아서 건물주가 됐다고?

2장. 건물주가 쉽다고 누가 말했나

3장. 건물주가 되고 싶은 당신에게

1장

월급 모아서
건물주가 됐다고?

나는 너무 생각없이
건물주가 되었다

제게 도대체 어떻게 건물주가 되었느냐고 묻는 분들이 참 많습니다. 제 직업은 프로그래머입니다. 20대에 처음으로 직장 생활을 시작해서 중소기업, 대기업, 스타트업을 두루 겪었습니다. 저는 제가 다닌 모든 회사의 주식을 어떤 방식으로든 보유했는데요. 우리사주*, 스톡옵션, CB 전환**, 구주 매입*** 등을 모두 경험해봤습니다. 소소한 이익을 얻은 적도 있고 완전 대박을 쳤거나 쫄딱 망한 적도 있습니다.

---

* '우리 회사 주식 소유제도'의 줄임말로 근로자가 자신이 근무하는 회사의 주식을 취득·보유할 수 있도록 하는 종업원주식소유제도입니다.

** 일정한 조건 아래 발행회사의 주식으로 전환할 수 있는 특약 또는 선택권(option)이 부여된 사채를 CB 즉, 전환사채라고 말합니다.

*** 기존 주주의 주식을 양수도 계약을 통하여 확보하는 일을 말합니다.

제가 다른 많은 평범한 직장인보다 쉽게 건물주가 된 데에는 다니던 회사가 크게 성장해 얻은 주식 수익 덕분이 큽니다. 그러나 개미처럼 허리띠 졸라매고 모은 시드머니 1억 3,000만 원이 없었다면 애당초 건물을 살 생각조차 하지 못했을 것입니다.

어쨌든, 저는 건물주가 될 생각이 전혀 없었습니다. 보통의 회사원과 다를 점이 없었습니다. 달랐던 점을 하나 꼽자면 머릿속에는 회사와 프로그래밍 생각밖에 없었다는 점정도가 될 것 같네요. 책도 컴퓨터 관련 서적 외에는 거의 읽지 않았습니다. 다른 주제에 관심이 없었으니까요. 그런제가 어쩌다 건물주가 되었는지 저도 신기합니다.

대서사의 시작은 무척 사소했습니다.

2013년의 어느 주말, 서울에 있는 부모님 집에 갔습니다. 당시 저는 회사 근처에 방을 얻어 혼자 지내고 있었습니다. 본가가 멀지 않았는데도 일에 정신이 팔려서 제대로 들르지 못했는데, 그날은 아마 강아지가 무척 보고 싶었던 것 같습니다.

예전에 본가에 살 때는 몰랐는데, 오랜만에 오니 동네가 낯설게 보입니다. 시차를 두고 보면 같은 풍경도 새로운 관점에서 바라보게 되는데, 이때 얻게 되는 통찰을 눈여겨볼 필요가 있습니다. 본가를 떠나온 동안 강남, 판교, 분당 등 설계가 잘된 도시에서 지내서 그랬을 수 있겠습니다만, 오랜만에 찾은 부모님 동네가 굉장히 낡아 보였습니다. 도시가 죽어가는 느낌입니다. 중국어로 쓰인 간판이 잔뜩 늘어난 데다가 버스 옆자리에 앉아 있는 사람들이 온통 중국인이라는 것을 알고 깜짝 놀랐던 기억도 납니다.

저는 이런 변화가 전혀 달갑지 않습니다.

어머니에게 이사 갈 집 좀 알아보시라고 넌지시 말합니다. 같은 이야기를 두세 번 드렸던 게 기억나는 걸로 보아 아주 가볍게 내뱉은 말은 아니었지만 그렇다고 진지하게 고민해보고 했던 말도 아니었습니다.

어쨌든 어머니는 이 가벼운 말을 실행에 옮깁니다. 얼마의 시간이 흐르자, 웬 원룸 건물에 투자를 하자고 하시는 것이었습니다. 참나, 어이가 없습니다.

"아니, 이사를 가자니까 무슨 건물을 사자고 그래요."

처음에는 한 귀로 흘려들었습니다.

그런데 어머니는 이것저것 매물 알아보는 재미에 꽂히셨던지 계속 저를 귀찮게 하십니다. 그래, 어떤 건물인지 설명이나 한번 해달라고 말씀드립니다. 얘기를 듣다 보니 매달 월세를 220만 원씩 받을 수 있다는 말에 혹합니다. 실제 투자금도 얼마 안 합니다. 건물 가격이 8억 원 초반이었는데, 전세보증금이 4억 5,000만 원이었고 이전 건물주의 대출 2억 4,000만 원을 승계 받으면 1억 3,000여 만 원 정도를 주고 살 수 있었습니다. 이 정도라면 제가 모아둔 돈으로 충분히 살 수 있었습니다.

당시에는 몰랐지만 돌아보면 2013년은 정부가 나서서 취득세를 한시적으로 깎아줄 정도로 부동산 거래가 뜸했던 시기였습니다. 빚을 내서 집을 사라고 권장하기까지 했습니다. 저는 이런 분위기를 전혀 모르고 있었는데, 어머니께서 7월 전에 사야만 취득세를 할인받을 수 있다며 저를 꼬십니다. 그래 봤자 800만 원 정도 아끼는 거였습니다만, 저는 마음이 또 혹합니다. 집을 살 생각이 전혀 없었던 와중에 이런 의도치 않은 상황을 맞닥뜨려야 한다는 것이 영 달갑지 않지만, 어쨌든 집을 한 번 보러 가기로 합니다.

방 몇 개와 건물 주위를 둘러보는 데 한 15분이나 걸렸을까. 그게 다였습니다. 뭐 부동산도 볼 줄 알아야 보지요. 눈만 뜨고 있었을 뿐이지 실상은 하나도 못 본 것이나 다름없었습니다. 어머니는 당신이 다 체크하셨다면서 괜찮다고 하십니다. 지금 보면 많은 허점들이 있었지만, 그 당시에는 그런 것들을 하나도 보지 못했습니다.

결국 저는 건물을 사기로 했습니다.

어머니가 이렇게 강하게 권유를 하시고 본인이 잘 관리할 수 있다고까지 말씀하시는데 한번 믿어보기로 했습니다. 게다가 저는 당시 다니던 회사의 스톡옵션을 가지고 있었는데, 이게 잘될 거라 꽤나 확신하고 있었습니다. 만에 하나 건물을 산 게 잘못돼도 스톡옵션* 행사 차익으로 만회하면 된다는 안일한 생각을 했습니다.

그때는 잘 몰랐지만, 지나고 보니 당시 저는 단순한 투자가 아니라 사업 하나를 시작하는 결정을 내린 것이었습니다. 말의 무게가 참 다르지요? 과연 저는 이 투자를 잘한 것일까요? 글쎄요, 이 질문을 스스로에게 수십 번도 더 해봤던 것 같습니다. 이후로 제 삶이나 사고방식도 크게 바뀌었고요.

조사를 너무 안 하고 안일하게 판단을 했다는 점에서 저

---

* 기업이 회사의 임직원에게 자사 주식을 낮은 가격에 매입했다가 나중에 팔 수 있도록 하는 일을 말합니다.

는 후회하고 있습니다. 만약 당시에 제가 조금 더 깐깐하게 조사하고 협상했으면 1억 정도는 더 싼 값에 살 수 있었을 거라고 생각합니다. 아니면 아예 안 사거나요.

이후에 저는 스톡옵션을 행사하면서 실제로 꽤 큰 차익을 얻었는데요. 그 차익을 실현해서 건물 대출을 갚고 기존에 입주해 있던 전세방들을 월세로 바꾸는 데 재투자했습니다. 만약 건물을 안 사고 주식도 안 판 채 계속 보유하고 있었으면 저는 여전히 프로그래밍밖에 모르는 중년의 남자로 살고 있었을지도 모르겠네요. 그리고 웃프게도 부동산으로 번 것보다 더 많은 돈을 가만히 앉은 자리에서 벌었을 테고요.

만약, 아파트를 샀다면 어땠을까요? 당시 아파트를 샀으면 눈감고 아무거나 찍어서 샀어도 두 배 차익을 그냥 올렸을 겁니다. 이후 힘들게 형사소송하는 일도 없었을 테고 스트레스도 덜 받으면서 편하게 돈을 벌었겠지요.

이런 생각들을 하다 보면 후회되는 점이 참 많은데요. 한편으로 저는 이 투자로 많은 것을 배우기도 했습니다. 프로그래머에서 사업가로 관점이 넓어졌고요. 세상이 어떻게 돌아가는지 이해하기 시작했습니다. 그때의 저와 지금의 저는 완전히 달라졌거든요.

옆집 건물주에게 형사소송한 썰

돈 모으는 이야기에 앞서 제가 왜 이렇게까지 건물주 노릇을 혐오하게 되었는지 확실하게 이해하실 수 있는 에피소드 하나를 말씀드리려 합니다. 아마 이 이야기를 듣고 나시면 건물주라면 학을 떼는 제 입장을 조금은 이해하실 수 있을 테지요. 오랜 기간 건물 운영을 하면서 산전수전을 다 겪었지만, 이 일만큼 마음이 힘들었던 때는 없었던 것 같습니다.

2017년 8월. 세입자에게서 연락이 왔습니다. 옆 건물에 사는 여자가 문을 쾅쾅 두드리며 열라고 해서 열어줬더니 삿대질을 하면서 심한 욕을 하더랍니다. 문을 닫아버렸는데도 한참을 집 앞에서 욕을 하다 갔다고 하더라고요. 에어컨 실외기가 시끄러워서 못 살겠다더랍니다. 어머니에게 여쭤보니 옆 건물의 그 여자는 1년 전부터 시비를 걸어왔다고 합니다. 그런 일이 있었나? 좀 짜증이 났지만 크게 걱정하지는 않았습니다.

며칠 후.

구청에서 공문이 날아왔습니다. 에어컨 실외기가 시끄러우니, 특정 시일까지 조치하지 않으면 벌금을 내야 한다는 내용이었습니다.

'허허, 이거 참 짜증 나는군.'

옆 건물로 찾아가 문제의 실외기와 가장 가까운 집에 벨을 누르고 인사를 드렸습니다. 실외기가 시끄러워서 죄송하다고 말씀드렸더니 무슨 소리냐, 전혀 모르고 살았다는 겁니다. 분명 건물 주인의 여동생이 그랬을 거라는 귀띔도 해주면서. 그 여동생(한 50살 정도 됩니다) 때문에 건물에 세 들어 사는 사람들이 다 힘들어한다고 하더라고요. 그 여동생이 자기 건물 쓰레기를 우리 집 쪽에 가져다버리는 것도 종종 봤는데 아마 우리 집이랑 뭔가 얘기가 되어 있다고 생각했답니다.

머릿속이 좀 정리가 되기 시작했습니다.

이전부터 옆집 건물의 쓰레기가 저희 집 쪽에 놓이는 일은 자주 있었습니다. 택배 박스에 아예 주소와 전화번호가 붙은 채로 있는 경우도 있어서, 제가 그러지 말라고 문자메시지를 보낸 적도 두어 번 있었습니다. 그런 일이 있었냐 미안하다는 답장을 받고는 했는데, 당사자들(옆집의 세입자들)은 본인들이 하지 않았기 때문에 전혀 모르고 있었던 것입니다. 구청에는 전화를 해서 상황을 설명하고 문제를 풀었습니다.

하지만 곰곰이 생각해보니 참 열 받는 일입니다. 이쯤 되면 싸우자는 거지요? 이유는 모르겠지만, 옆집의 여자가 우리 집에 나쁜 감정을 가지고 있는 것은 분명했습니다. 저는 그 건물에 살고 있지 않고 좀 떨어진 곳에 살고 있었기 때문에 그간의 상황을 잘 알 수가 없었습니다.

어떻게 해결을 할까 하다가 네트워크 카메라를 사서 설치했습니다. 고작 2만 원 정도밖에 안 했지만 움직임이 있으면 제 휴대전화로 알림도 주고 클라우드에 저장도 해주는, 제가 딱 원하던 제품이었습니다.

'이제 함부로 못하겠지. 아니, 그냥 함부로 해봐라. 걸리기만 걸려봐라.'

카메라를 설치하고 나니 마음이 든든했습니다.

그간 제가 살고 있는 집과 떨어져 있던 데다 회사 생활로 바쁘다 보니 모르고 있었던 부분도 네트워크 카메라를 통해 많이 알게 됐습니다. 새벽 3시에도 음식 배달원이 건물을 드나든다는 것과 낮 동안 주차장이 비어 있을 때 불법 주차를 하는 외부차량이 많다는 것도 이때 처음 알았습니다. 뭐, 이런 사실들을 알게 되니 좋았습니다. 진작 설치할 걸!

앗, 드디어 그분이 나타났습니다. '뭐가 생겼네?' 하는 표정으로 카메라를 이리저리 살펴봅니다.

'후후… 이제 카메라가 있다는 걸 인지했군. 나도 당신이 인지했다는 것을 인지했지. 계획대로 되고 있어.'

그러나 저의 착각이었습니다. 계획대로 되기는 개뿔….

카메라가 안 보이는 위치에서 쓰레기를 던지는 모습이 포착됩니다. 전혀 위축되지 않은 것 같습니다. 실제상황을 두 눈으로 확인하니 더욱 울화통이 치밉니다. 내 어떻게 해서든 저 여자를 처벌하겠다! 저는 곧 카메라 한 대를 더 사서 시야를 좀 더 넓게 확보했습니다. 그런데….

차라리 모르고 사는 게 좋을 뻔했나 싶습니다. 그 여자가 매일 새벽 3시쯤 우리 주차장 곳곳을 둘러보고 갑니다. 카메라가 안 보이는 곳에서 무슨 짓을 하고 있는지 알 수가 없습니다. 소름이 끼치고 무섭습니다. 카메라 설치 후에도 쓰레기 투척과 우리 건물 주차장을 드나드는 일은 계속되었습니다. 저는 매일 분노와 두려움을 교차로 느끼며 피폐해져 갑니다.

당시 저는 회사일에 많은 신경을 쏟고 있었고, 첫 아기까지 태어난 상황이었습니다. 신경 쓸 것이 많은데, 이 옆집 여자가 자꾸 괴롭히니 죽을 맛입니다. 화가 나고 분하지만, 냉정하게 생각해보면 싸워서 이길 자신이 없습니다. 저는 10킬로미터 이상 떨어진 곳에 살고 있고, 회사일과 갓난아기를 챙겨야 하는데, 이 여자는 백수인 데다가 밤에 잠도 안 잡니다. 매일 새벽 3시에 나와서 저희 집 주차장을 들락날락거립니다. 함부로 뭐라고 했다가 무슨 해코지를 당할까 싶어 무섭습니다.

예전에 법을 좀 알아두면 세상 살아가는 데 좋겠다 싶어서 상식 수준의 민법 책 몇 권을 읽어둔 적이 있습니다. 그걸로 충분하겠다 싶었는데 이제 형법도 알아둬야겠다는 생각이 듭니다. 형법과 형사소송법 책 세네 권 정도를 읽어봅니다.

그러는 동시에 쓰레기를 던지고 주차장을 어슬렁거리는 장면들을 증거로 수집해서 정리해둡니다. 하지만 이 정도로는 잡아넣을 수 없습니다. 이렇게 몇 개월이 지났습니다. 어떤 날들은 조용히 넘어가고 어떤 날에는 또 해코지를 당하기도 하면서, 저는 조금씩 무뎌져갔습니다.

그러던 어느 날이었습니다. 기록을 보니 2018년 4월 21일이네요. 그날이 아마 첫 만남이었던 것 같습니다. 얼굴은 몇 번 본 적 있었으니 첫 대화가 맞겠네요. 원룸을 청소하고 있었는데, 밖에서 시끄러운 소리가 나서 내려다보니 그분이 쓰레기 더미를 발로 차서 우리 집 쪽으로 보내고 있습니다.

'이런, 쌍! 오늘에야말로 승부를 낸다!'

승부를 내러 내려갔습니다. 그분은 자기 집 앞에 서서 곁눈질로 저를 바라보고 있었고, 저는 우리 집 앞에서 그분이 발로 차 날아온 쓰레기 더미를 내려다 보고 있었습니다. 몇 초간 그렇게 있으면서 저는 생각합니다.

'이 쓰레기를 어떻게 할까. 한 번 저쪽 쓰레기장에 놔보자. 분명히 어떻게든 반응하겠지.'

쓰레기를 옮겨두는 순간! 그 분이 미친 듯이 달려와서 쌍욕을 내뱉습니다. 너무 빨리 쌍욕들을 내뱉었는데, 제가 지금까지 태어나서 가장 많은 욕을 순식간에 먹은 날이었습니다.

기억나는 욕은 많지만 추리면 대략 이렇습니다.

"한 주먹 거리도 안 되는 새끼가 어휴, 이걸 확!"

"아주 ×을 잘라서 삶아 먹어버릴까 보다, 이 ×××××
×× 새끼."

예상보다 훨씬 거친 공격에 정말 놀랐습니다.

'아니, 세상에 욕을 해도 어떻게 이런 욕을 하는 사람이
다 있나? 도대체 뭐하는 사람이야, 이거?'

한 항공사 대표와 그 어머니가 욕하는 걸 유튜브에서 들
어본 적이 있나요? 딱 그런 목소리와 톤을 상상하시면 됩니
다. 굉장히 비슷했습니다. 저는 잠시 놀라긴 했지만 당황하
거나 흥분하지 않았고 제 뒤에 카메라가 돌아가고 있다는
것도 인지하고 있었습니다. 오히려 일부러 조근조근 약을
올리면서 대응했습니다. 그분이 쌍욕을 내뱉으면서 저를
때리려는 시늉을 했기 때문에 이걸 한 대 맞으면 잘 해결할
수 있겠다는 생각도 있었습니다. 제 바람과는 다르게 때리
지는 않더군요.

돌아보면 그날 그렇게 대응한 건 실수였습니다. 그 일이

있고 나서는 더욱 힘들어졌습니다. 그는 미친 개와 같았습니다. 한 번 물면 절대로 놓지 않는다고 할까요? 일상이 너무 지루해서 그런지 오히려 이런 싸움을 즐기는 것 같아 보이기도 했습니다.

열 받은 옆집 사람은 복수를 시작했습니다. 쓰레기 투척은 여전했고, 라면 국물을 주차장 벽에 뿌리기도 하고 벽을 뭘로 쳤는지 콘크리트가 깨지도록 파손시켜 놓기도 했습니다. 이런 모든 일을 카메라가 안 보이는 곳에서 했기 때문에 저는 의심만 할 수 있을 뿐 대응하지도 못했습니다. 저는 또다시 심하게 고통받았습니다. 그의 포악한 행동은 날이 갈수록 심해졌습니다. 이제 우리 세입자 한 명의 차를 긁어놓기 시작했습니다. 미치고 팔짝 뜁니다. 이제는 도저히 참을 수가 없습니다.

그러던 어느 날 새벽, 세입자에게서 전화가 왔습니다. 저는 '또 일이 터졌구나.' 직감했습니다. 지금 그분이 한 시간째 현관에서 초인종을 누르며 나오라고 소리치고 있답니다. 옆집 여자에게서 받은 문자도 보내줍니다.

이제 좀 명확해집니다. 낙엽. 바로 저 낙엽 때문입니다. 겨울 동안 좀 잠잠했다 싶었는데 아마도 겨울에는 낙엽이

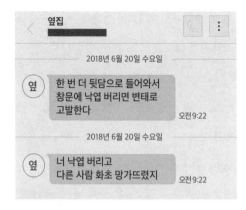

옆집
2018년 6월 20일 수요일

옆
한 번 더 뒷담으로 들어와서
창문에 낙엽 버리면 변태로
고발한다
오전 9:22

2018년 6월 20일 수요일

옆
너 낙엽 버리고
다른 사람 화초 망가뜨렸지
오전 9:22

당시 세입자가 옆집 여자에게서 받은 문자 내용입니다.

없었기 때문일 겁니다. 저희 어머니가 비가 오면 더 심하게
그런다고 했던 말도 팍 스쳐 지나갑니다.

'그래! 비가 오면 낙엽이 떨어지니까! 그걸 우리 세입자
가 버린다고 오해하고 있었군.'

바로 경찰을 부르라고 했고 경찰이 왔습니다. 그간 있었
던 자초지종을 다 말했습니다. 경찰은 사정을 잘 들으려고
하지도 않고 좋은 게 좋은 거라며 다투지 말고 잘 지내시라
고 했습니다. 이렇게 협박을 받고 차량 손괴까지 하는데, 좋
은 게 좋은 거랍니다.

저는 문제의 옆집 여자를 만나서 대화를 시작했습니다.

'오해다. 우리 세입자가 새벽 4시에 뭐 하러 잠도 안 자고 담을 넘어가서 낙엽을 버리겠냐.' 그녀는 확고했습니다. 아마 정신이 이상해서 환상을 보는 건지도 모르겠습니다. 절대 제 말을 믿지 않고 저도 똑같은 놈이라고 했습니다. 그 믿음이 너무 확고해서 저 또한 그 얘기를 믿을 뻔하고 세입자에게 진짜 네가 그런 것 아니냐 물어보기도 했습니다.

이 날 이후로도 환상이 멈추질 않는지 계속 차를 긁었고, 두어 번 더 경찰을 부를 때마다 경찰 역시 똑같은 말만 반복했습니다. 지금도 저는 옆집 여자보다 경찰한테 더 화가 납니다. 나중에 이유를 알았지만, 경찰들은 이미 그 여자의 집 번지를 외우고 있었습니다. 저희 집 말고도 하도 말썽을 부려서 출동하는 일이 다반사였기 때문에 어떻게든 빨리 마무리하고 들어가고 싶어 하는 것 같았습니다.

너무 억울하고 화가 납니다. 내가 더 힘 있고 높은 사람이라면 경찰들이 이렇게는 못할 텐데….

저에게는 증거가 필요했습니다. 경찰조차 도저히 그냥 넘어갈 수 없는 증거 말이지요. 카메라를 한 대 더 샀습니다. 옆집 여자가 몰래 해코지하는 것을 확실히 잡을 수 있는 위치에 설치했습니다. 전기가 없어서 보조배터리로 연결을 했습니다. 아침에 일어나서 충전해두고 밤에 다시 설치하는 걸 한 사흘 정도 하니, 옳거니! 걸려들었습니다. 새벽 3시 30분경 곧장 세입자 차량으로 오더니 무자비하게 긁고 가더군요.

저는 세입자와 함께 고소장을 쓰기 시작했습니다. 이 시점에는 차가 한 100군데 긁혀 있었습니다. 세입자의 차량 손괴가 가장 큰 사건이었기 때문에, 세입자가 그를 고소하는 형식으로 진행했습니다. 그동안 모아놓은 증거까지 차근차근 적어서 경찰서로 가지고 갔습니다. 걱정은 하고 있었지만, 역시 경찰들은 또 저를 그냥 집에 보내려고 했습니다.

형사과였으니 형사라고 하는 게 맞겠습니다. 고소장을 제출하러 왔다고 하니, 몇 가지를 물어보고서는 이전에 이미 신고를 한 적이 있으면 그걸로 됐다, 그걸로 고소가 끝난 거라는 말을 하더군요. '아니, 그런 게 어딨냐, 내가 이렇게 증거까지 다 모아서 고소장을 가지고 왔다.' 아무리 말해도 소용없습니다. 이미 고소가 다 된 건데 뭘 또 고소하냐는 말만 반복합니다. 나중에는 일사부재리의 원칙을 말하며, 한 번 고소한 내용은 다시 고소할 수 없다는 헛소리까지 합니다.

목구멍까지 욕이 올라옵니다. 제가 힘 있는 자리에 있었으면 이럴 수 있을까 다시 생각합니다. 하지만 저는 그냥 동네 쩌리일 뿐입니다.

'뭣도 모르는 어린 노무 시키.'

'바빠 죽겠는데 괜히 사소한 일로 일거리나 만들려는 귀찮은 녀석.'

실제로 그 형사가 보기에도 이렇게 보였을 겁니다.

저는 전략을 바꿔 동네 쩌리의 우는 표정으로 이야기합니다.

"아니, 일사부재리를 이런 데 적용하는 게 맞나요? 저는 소송을 할 권리도 없고 소장에 내 의견 하나 쓸 권리가 없다는 건가요? 이렇게 고생해서 적어왔는데 읽어보지도 않고 돌려보내려 하는 게 이게 제대로 된 행정입니까?"

형사는 마음이 동했던지 아니면 찔렸던지, 드디어 가져온 고소장을 받아 읽어봅니다. 이때까지 30분도 넘게 말씨름하며 보냈습니다. 형사의 표정이 조금씩 바뀌는 게 보입니다. 무슨 표정인지 알 것 같습니다.

'어? 이 새끼 이거 장난으로 써온 게 아니네?' 하는 표정입니다. 한참을 읽어보더니 저쪽 형사에게 가보라고 합니다. 한 시간 정도를 진술하고 드디어 접수가 됩니다. 실은 접수가 된 건지 아닌 건지도 명확하지 않습니다. 그나마 돈이 어느 정도 있고 공부해간 저도 이 꼴인데, 돈 없고 지식도 없는 사람들은 법의 보호를 받기 힘들겠다는 생각을 하면서 집에 돌아왔습니다.

하지만 상황은 나아지지 않았습니다. 고소 후에도 옆집 사람의 공격은 계속됩니다. 형사들은 일을 하는 건지 마는 건지 모르겠습니다. 그분이 전화를 안 받아서 아직 진행이 안 되고 있다고 합니다. 어느 정도 예상하고 있었습니다.

'얼른 검찰에 넘기기나 해라.'

시간이 흐르고 조사가 시작됐습니다. 나중에 옆집 여자를 집 앞에서 만났는데

"야, 네가 나 고소했냐?"

묻습니다. 헉! 뜨끔합니다. 저는 다시 동네 쩌리의 표정으로 "예? 고소요? 무슨 고소요. 무슨 말인지 모르겠는데요?" 하고 도망쳐옵니다. 그 상대는 절대 고소 따위에 굴하는 사람이 아니었습니다. 더 분노해서 공격합니다.

저는 매일 아침 새벽에 또 무슨 일이 있었을까 걱정하며 눈을 뜹니다. 검찰로 넘어가자마자 결과가 나왔습니다. 약

식 기소되어 벌금형 100만 원이 나왔다고 합니다. 허탈합니다. 차 값 수리비만 100만 원이 넘어갈 텐데. 정식 재판을 요청할 수도 있고, 이 결과로 민사 소송을 해서 수리비를 받을 수도 있겠지만 그렇게 하지 않았습니다. 더 큰 보복이 있을 테니까요.

처참한 날들이었습니다. 건물주를 하면서 기존에도 힘든 일들은 많이 있었습니다. 그럴 때마다 그만 정리할까 하는 생각을 했습니다만 아내가 만류하곤 했습니다. 저 또한 아내와 마찬가지로 월 500만 원이라는 고정 수입이 아까운 것은 마찬가지였습니다. 하지만 이제는 진짜 안 되겠습니다. 언젠가 건물에 불을 지르거나 누군가를 칼로 찌르는 일이 생길지도 모른다는 생각이 자꾸 듭니다. 이건 사는 게 아닙니다. 하지만 건물 매매가 쉽게 될 리가 없습니다. 그러는 사이에도 그녀의 공격은 계속됩니다. 어느 날은 창고 문 도어록을 본드로 잔뜩 붙여서 열고 들어갈 수 없게 만들어버렸습니다. 열은 열대로 받지만 어찌해볼 방도가 없습니다.

회사에 가서도 한숨을 푹푹 쉽니다. 눈물이 날 지경입니다. 주위에 앉아 있는 동료들도 다 저의 이런 사정을 알고 있습니다. 제가 한숨을 푹푹 쉬고 있는 걸 보고 옆자리에 앉아 있던 동생이 이런 제안을 합니다.

"뭐라도 사들고 찾아가서 인사해보면 어때요? 저 같으면 그분에게 엄청나게 잘해줄 것 같아요. 그냥 조금 잘해주는 게 아니라 엄청나게요. 옆집 쓰레기도 다 제가 치워주고요. 매달 뭔가 사서 선물하는 거예요. 만약 매달 돈 몇 십만 원으로 해결이 된다면 엄청 싼값에 해결되는 거잖아요."

'애도 얼빠진 소리 하고 앉아 있네. 나는 지금 이 여자를 쥐도 새도 모르게 죽일 수 있는 방법이 없을까 상상해볼 정도로 힘든데, 쓰레기를 치워주고 헤헤 웃으면서 선물을 가져다주라고?'

순간적으로는 이런 생각이 들었습니다만 이 동생은 그냥 툭툭 말을 내뱉는 친구가 아닙니다. 저는 이 동생이 얼마나 똑똑하고 현명한지 오래 전부터 잘 알고 있었습니다. 가만히 생각해봅니다. 할 수 있는 것은 다 해봤고 더 해볼 건 없는 상황입니다. 조금 잘해주는 정도, 그러니까 화해하려는 목적으로 대화 정도를 시도해본 적은 있지만, 엄청나게 잘해주는 건 시도해본 적이 없었습니다. 조금 생각이 바뀝니다.

'그래, 좋다 이거야. 하지만 내가 과연 해낼 수 있을까?'

인생 최대의 적에게 선물을 사다 바치고 굽신거리며 쓰

레기장도 청소해주는 제 모습을 상상하니 몸서리가 쳐집니다. 하지만 한편으론 이런 생각이 들었습니다.

'만약 내가 이걸 해낸다면? 의외로 작전이 통해서 그분과 잘 지내게 되고(혹은 더 이상의 공격은 안 받게 되고) 이 모든 근심이 사라질 수 있다면?'

상상만 해도 좋았습니다. 만약 전혀 안 통한다면? 그래도 만족할 수 있을 것 같았습니다. 지금보다 상황이 나빠질 일은 없을 테니까요. 무엇보다 이런 비굴한 감정을 이겨내고 적에게 구걸하는 짓을 시도해보는 것만으로도 제가 성장할 수 있는 좋은 경험이 될 것이란 생각이 들었거든요.

마침 구정이 다가옵니다. 동네 마트에 가서 뭘 살까 골라봅니다. 과일 세트가 좋겠다고 생각하다가 아직 미움이 가시지 않았는지 몸에 안 좋은 스팸 세트를 고릅니다. 집 앞에 가서 문을 노크하니 현관문 외시경으로 저를 보고는 왜 왔냐고 버럭 소리를 지릅니다. 설이라 선물을 사왔다고 하니 의심스러운 눈으로 문을 열고 나옵니다. 그동안 마인드 컨트롤을 많이 했습니다. 제 보통의 모습보다 훨씬 친절하게, 훨씬 정중하게 대화를 합니다. 설 잘 보내시고 오해가 있으면 잘 풀어보자 이야기를 합니다. 선물도 건넵니다. 그분도 마음이 살짝 동했는지, 너랑은 하고 싶은 얘기가 많았다면서 언제 시간 좀 내줄 수 있냐고 합니다.

'당연히 내줄 수 있지! 지금 내 인생에서 이것보다 중요한 일은 없는데!'

아무 때나 좋다 하니 내일모레 버거킹에서 만나잡니다. 버거킹에서 보잔 말이 좀 우습긴 했는데 웃지 않고 잘 참아 냈습니다. 저는 집에 돌아가서 카메라를 하나 더 삽니다. 그래 봐야 2만 원밖에 안 합니다. 쓰레기 청소하시는 분들에게도 돈을 좀 더 주고 옆집 청소까지 해달라고 부탁합니다.

드디어 버거킹 회담을 하게 됐습니다.

저는 카메라를 선물로 드리면서 제가 집 앞에 설치해드리겠다고 합니다. 저랑 같이 영상을 공유해서 볼 수 있으니 누가 낙엽이나 쓰레기를 가져다 버리는지 한번 보자고 합니다. 쓰레기 청소도 제가 해드리겠다고 전합니다. 버거킹 회담은 의외로 쉽게 끝났습니다. 너무 쉬워서 허탈할 정도. 진작 이렇게 할 걸 그랬습니다.

사람의 감정은 매우 쉽게 변합니다. 그분은 이제 더 이상 저를 괴롭히지 않습니다(어머니에게 들으니 이제 저희 앞집 쓰레기통을 발로 차고 다닌다고 합니다). 저 또한 시간이 흐르다

보니 그분에 대한 미움이 사그라듭니다. 가끔 카메라가 잘 안 된다고 전화가 오면 심지어 반갑기까지 합니다.

지난 추석에는 스팸 세트가 아닌 과일 세트를 선물해드리고 왔습니다. 나는 준비한 게 없는데 뭐 이런 걸 자꾸 가져오냐며 미안해하고 고마워하더라고요. 허허 웃으며 괜찮다고 맛있게 드시고 건강하시라고 했습니다. 그분은 제가 옷을 너무 춥게 입고 다닌다며 카디건을 선물해주셨습니다. 이보다 좋을 수가 있을까요?

예, 저는 이 일을 겪고 나서 많이 성장했습니다. 누군가 싸움을 걸어왔을 때 이를 온몸으로 받아낼지 옆으로 피해 갈지를 현명하게 선택할 수 있게 되었습니다. 사람이 극한의 스트레스를 받으면 어떤 느낌을 느끼는지도 알게 되었습니다. 이 경험은 돈을 얼마를 벌든 행복하고 마음 편하게 사는 게 제일이라는 가르침을 주었습니다.

아, 겁대가리 없이 집을 샀구나

건물을 사던 때로 돌아갈 수 있다면 당시 생각하지 못했던 훨씬 다양한 요소들을 고려해(건물을 사지 않는 옵션까지를 포함해서) 보다 현명한 결정을 내리겠지요. 그러나 돌아보면 하늘이 도왔다고 생각하는 지점이 하나 있기는 합니다. 바로 매입 시기만큼은 완벽했습니다. 제가 밸류에이션 능력이 없어서 가격을 잘 협상하진 못했지만, 그럼에도 아주 좋은 시기에 샀기 때문에 이익이 많이 났다고 할 수 있습니다. 2013년 당시 승계 받은 대출의 이자율이 무려 5.2퍼센트였는데, 이후로 금리가 꾸준히 내려간 것도 행운이었다고 할 수 있고요. 수익률로 생각해봐도 연평균 10퍼센트 이상을 꾸준히 유지했으니 뭐 그럭저럭 괜찮은 투자였다고 할 수 있을 것 같네요.

그러나 집을 살 당시만 해도 부동산 시장의 분위기가 어떤지에 대해서는 전혀 알지 못했습니다. 2013년으로 말할 것 같으면 제가 살면서 가장 열심히 일한 해였네요. 밤 11시에 일이 끝나면 그날은 좀 수월하게 끝난 날이었고, 새벽 3시까지도 일을 하던 날들이 부지기수였으니까요. 상황이 이랬으니 뉴스라는 것은 거들떠도 보지 않을 때였습니다.

'아, 시장 분위기를 몰라서 겁대가리 없이 집을 샀구나.'

지금 생각하면 이보다 더 적절한 표현은 없습니다. 요즘 하도 부동산 가격이 떨어진다고 해서 문득 당시에는 어땠을까 유튜브를 좀 찾아봤습니다.

"부동산 게임 끝났다."

"나는 '깡통'에 살고 있다."

2013년 여러 시사보도 프로그램이 부동산 관련 내용을 다루면서 달았던 제목들입니다. 단번에 당시 분위기를 알아챌 수 있습니다. 이들 프로그램은 2008년 금융위기 직전 미국의 가처분소득 대비 가계부채 비율이 140퍼센트였고 2012년 말 대한민국의 가계부채 비율은 136퍼센트라는 것을 비교하면서 지금 대한민국의 부동산 시장이 큰 위기

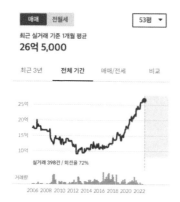

2013년에 채 8억이 되지 않았던 분당의 아파트 가격이 현재는 26억에 거래되고 있습니다.

에 처했다고 보도합니다. 한 부동산 전문가는 인터뷰를 통해 "지금 집을 사라고 하는 친구는 친구도 아니다."라는 말도 합니다.

최근 부동산 가격을 보면 미쳤다는 생각이 들 정도입니다. 그런데 이런 생각은 2019년쯤에도 같았습니다. 당시에도 너무 많이 올랐다고 생각했는데 그 가격을 뚫고 계속 올라온 거지요. 끝 모르고 오르던 부동산 가격은 2021년 가을에 들어서야 조정을 받기 시작했습니다.

한 부동산 매매 사이트에서 아무 아파트나 찍어보면 위와 같은 그래프를 발견할 수 있습니다. 여러 부동산 커뮤니

티를 살펴보면 2017~2018년에 영혼까지 끌어모아 집을 산게 신의 한 수였다는 이야기를 하는 것을 보게 되는데요. 저는 이런 글을 마주할 때마다 괜스레 자랑스럽고 기분이 좋습니다.

'나는 2013년에 샀는데⋯ 크크.'

가치투자? 내재가치? 시장의 분위기? 교통? 땅의 종류? 건축물대장? 이런 것들을 하나도 몰랐기 때문에 찾아온 결과였습니다. 무식해서 이뤄낸 성취였지요.

그러나 달리 생각해보면, 등골이 오싹해지는 일입니다. 멋모르고 덜컥 샀는데 전문가들의 예언대로 폭락이 시작되었다면? 제 인생은 어떻게 달라졌을까요.

죽기보다
돈 쓰기가 싫었다

저는 서른 살이 될 때까지 제 방 하나 가져본 적이 없을 정도로 어려운 집안에서 자랐습니다. 그 시절 돈이 없어 겪은 몇 가지 기억은 어른이 된 지금도 머릿속에서 지워지질 않습니다.

1990년대, 초등학교 저학년이었을 때입니다.

무더운 여름날 방과 후 텅 빈 운동장에 혼자 서 있었습니다. 교문으로 터벅터벅 걸어가는데 목이 어찌나 마르던지요. 앞에 문방구와 슈퍼가 보입니다. 시원한 콜라 한 병 벌컥벌컥 마시면 소원이 없겠다고 생각했습니다.

'마법처럼 돈이 생겼으면 좋겠다.'

바지 주머니에 손을 넣으며 이렇게 중얼거렸습니다. 그

런데 이게 웬일일까요? 주머니에서 정말 마법처럼 동전 세 개가 나왔습니다. 300원. 내가 진짜 마법을 부린 건가! 너무 놀랍고 기뻤습니다. 돈이 생겼지만, 저는 콜라를 사먹지 않았습니다. 돈을 써버리기가 너무 아까웠습니다. 집에 돌아가 어머니께 말했습니다.

"엄마, 오늘 정말 이상한 일이 있었어. 목이 너무 말라서 콜라 사 먹을 돈이 있었으면 좋겠다고 생각하면서 주머니에 손을 넣었는데 진짜 돈이 나온 거야!"

하면서 손을 내밀어 동전 세 개를 보여드렸습니다.

"아이고, 날이 더워서 혹시나 목 마를까 봐 아침에 넣어준 건데… 콜라 안 사 먹고 도로 가져온 거니?"

이후 어른이 되어 이 이야기를 어머니와 몇 번 나눴습니다. 저에게는 마법 같은 순간이었지만, 어머니에게는 슬프고 속상한 기억으로 남아 있었습니다.

이런 일도 기억이 납니다.

동네에서 친구들과 팽이치기를 하고 있었습니다. 당시 제가 가지고 놀던 팽이는 플라스틱으로 만든 것들이었습니다. 문방구에서 100원 혹은 200원 정도에 살 수 있었던 걸로 기억합니다. 그 즈음에 쇠팽이라는 것이 나왔습니다. 팽이

전체가 쇠로 되어 있어서 다른 팽이들과 싸움을 해도 절대 지지 않는 무적의 팽이였지요. 제 기억이 정확하다면 쇠팽이의 가격은 무려 1,000원이었습니다.

친구들과 모여서 팽이 놀이에 집중하고 있는데 어느 사이에 어머니께서 오셔서 저에게 쇠팽이를 건네주었습니다. 이 비싼 팽이를…. 저는 좋아서 기뻐하기는커녕 집어던지면서 소리쳤습니다.

"누가 이런 것 사달라고 그랬어? 얼른 가서 돈으로 바꿔와!"

저는 소리를 지르며 막 울었습니다. 당시 저는 가난한 어머니의 모습이 너무 안쓰러웠고 돈이란 건 최대한 아껴 써야 한다고 생각했습니다. 어린 아들이 이런 생각을 하고 있으니 당시 어머니의 마음은 어땠을까요?

어린시절 돈이 없어 겪어야 했던 기억들은 저의 몸에 각인되어 어른이 된 지금도 영향을 주고 있지 않나 생각합니다. 돈을 벌기 시작하고 나서는 항상 가계부를 썼습니다. 결혼하기 전까지는 매일 적었고, 결혼 후에는 아내와 함께 한 달에 한 번씩 정리하고 있네요.

이렇게 살았던 것이 건물주가 되는 데 도움을 줬을까요? 분명히 도움이 됐을 것입니다.

저는 월급의 60~80퍼센트를 꾸준히 저축해왔고 지출도 잘 통제할 수 있었습니다. 이 돈은 건물을 살 때 시드머니로 쓰였습니다. 그럼 아끼기만 하면 돈을 많이 모을 수 있을까요? 이에 대한 이야기를 해보겠습니다.

실수령액 91만 5,540원에 좌절하지 않은 이유

파이어족 이야기가 쏙 들어가고 "달나라까지 가즈아!" 외치던 소리도 조용해졌습니다. "월급 같은 건 의미 없다.", "영끌해서 부동산 사야 한다."는 말들도 이제 더는 들리지 않습니다. 금리는 계속 올라가고 주식과 부동산은 떨어져만 가니 아마 회사에서 받는 월급이 얼마나 소중한지 다시금 상기되지 않았을까 싶습니다.

제 첫 월급은 세전 154만 원이었습니다. 그나마도 수습기간 3개월간은 기본급의 70퍼센트를 받았기 때문에 기본급 100만 8,000원에 식대 10만 원을 더하고, 국민연금, 건강보험료, 고용보험료를 공제하면 91만 5,540원을 수령할 수 있었지요. 2006년 9월 당시 명세서에 적혀 있는 "귀하의 노

고에 감사드립니다."라는 문구를 다시 보니 그때는 별생각이 없었지만 지금은 여러 가지 생각에 사로잡히게 되네요.

회사 생활을 하면서 월급에 대해 투정 부려본 적이 딱 한 번 있습니다. 첫 회사에서 첫 연봉 계약서에 사인하던 순간입니다.

인사팀 팀장님과 둘이서 작은 회의실에 들어갔습니다. 인사팀 팀장님이 물었습니다.

"월급은 어떤 것 같아요? 만족스러운가요?"

"적죠."

"네?"

"저기 가리봉동에 있는 어떤 회사에 들어가도 이 정도는 주는 걸요."

뭐라 할 말이 없어 당황스러워하던 인사팀 팀장님의 모습이 기억납니다.

"근데 뭐 괜찮아요. 열심히 해서 올리면 되니까."

인사팀 팀장님에게 이 말을 했는지 속으로만 생각했는지는 잘 기억이 나지 않네요. 그러고 나서 성말 열심히 일했습니다. 제 실력을 올리는 게 가장 좋은 투자라는 생각을 하고 있었으니까요.

2013년 8월 사당동 32평 아파트의 가격이 4억 초반대인 것을 확인할 수 있습니다.

　이후로 연봉이 적다는 말을 한 번도 하지 않았지만 회사에서는 알아서 연봉을 올려줬습니다. 이제 와서 다시 계산해보니 연평균 20퍼센트 정도로 연봉이 올랐네요.

　2013년에는 제가 그동안 모아 온 월급만 가지고 부동산이라는 것을, 그것도 건물 한 채를 살 수 있었습니다. 앞서 말한 대로, 8억 원짜리 건물을 사는 데 필요했던 돈 1억 3,000여 만 원은 오로지 월급, 그러니까 코인 투자나 주식 투자를 해서 번 돈이 아닌 오로지 월급만으로 모은 돈이었습니다.

　제가 건물을 사서 그렇지, 당시 서울에는 34평에 4억 원

대 아파트가 수두룩했습니다. 변두리는 3억대도 수두룩했고요. 사람에 따라 어느 정도 대출이 필요할 수도 있었겠지만 월급만으로 못 살 정도는 절대 아니었습니다. 저같은 사회 초년생이 8년 일해서 모은 돈으로 건물을 살 수 있었으니 먼저 사회에 나가 자리를 잡고 있던 경력자라면 아파트 한 채는 살 수 있었을 것 같습니다.

한 10년 전쯤인가. 네이버의 이해진 의장님이 이런 이야기를 한 적이 있습니다.

"파랑새를 멀리서 찾으려고 하지 마세요. 멀리서 찾으려고 하면 잡을 수가 없어요."

'네이버는 왜 모바일 전환이 늦냐.', '우리도 빨리 모바일 퍼스트로 가야 한다.'는 직원들의 볼멘소리에 대한 답이었던 것으로 희미하게 기억합니다.

"여러분들이 네이버란 간판 떼고 나가서 아무 서비스나 만들게 되면 그 서비스를 몇 명이나 써줄 것 같아요? 10명은 다운로드 받아줄까요?"

그는 이런 이야기도 했습니다. 분명 직원들의 반감을 살 수 있는 이야기였지만, 이날 맨 앞자리에 앉아서 한마디도 빠뜨리지 않고 귀를 쫑긋하고 들었던 저는 그의 팬이 되었습니다. 어쩌면 이날 들은 두 시간의 이야기가 제가 빠르게 은퇴해서 창업을 하고 오늘까지 버틸 수 있게 한 원동력이 아닐까도 생각합니다.

회사 다닐 때 이런 생각을 가끔씩 하곤 했습니다.

'내가 회사 다니면서 연봉 1억 원을 받는다면 사실 내가 회사에 가져다준 가치는 그 이상이야. 적어도 1억 5,000만 원은 되겠지. 회사는 내게서 5,000만 원을 수수료처럼 떼어가고 있는 거야. 그렇다면 내가 회사를 그만두고 혼자 일한다면 1억 5,000만 원 이상을 벌 수 있는 사내가 되겠군.'

이런 생각은 이해진 의장님의 이야기와는 정반대의 생각이었고 저는 정말 궁금했습니다.

'내가 나만의 서비스를 만든다면 결과는 어떨까? 내 실력은 진짜일까, 가짜일까? 남이 만든 회사가 아니라 내가 창조해낸 제품으로 단돈 만 원이라도 벌어보고 싶다. 딱 만 원만 벌고 실패해도 좋으니 내 진짜 실력을 테스트해보고 싶어!'

저는 창업을 하고 나서 이 궁금증을 풀어냈습니다.

첫째, 이해진 의장님의 말은 사실이었습니다. 제가 만든 앱은 하루에 한 명도 설치하지 않은 날들이 많았습니다. 너무 우울해서 독한 술로 슬픈 패배감을 달래보려 했지만, 마음이 너무나 쓰려 맥주 같은 술로는 달래어지지 않더군요.

둘째, 회사에서 수수료를 떼어간다는 제 생각은 옳았습니다. 회사에서 연봉 1억 원을 받는다면 회사를 그만두면 '같은 노력'으로 그 이상을 벌 잠재력을 가지고 있다는 말입니다. 사람들이 많이 오해하는 부분은 '같은 노력' 부분인 것 같습니다. 적어도 회사에서 하는 만큼은 일해야 하는데 덜 노력하고 더 벌려고 하니 쉽지가 않습니다.

셋째, 잠재력은 쉽게 발현되지 않습니다. 최소한 1년, 통상 3년 정도는 해봐야 결과가 나옵니다. 10년이 걸릴 수도 있습니다. 사람들은 충분한 잠재력을 가지고 있지만 결과가 나오기 전에 포기합니다.

넷째, 저는 실력이 있는 사람이었습니다. 이걸 알게 된 것이 가장 큰 소득입니다. 은퇴 후 4년의 노력 끝에 드디어 앱 개발로 벌어들인 소득이 회사 다닐 때의 연봉을 넘어섰습니다. 더 이상 제 자신에 대해 의심하지 않게 된 것이 너무너무 기쁩니다. 나 혼자의 힘으로 세상이 인정하는 가치를 만들어낼 수 있고 돈을 벌 수 있는 존재라는 것을 깨닫게 되니 그제야 평안을 얻게 되었습니다. 더 이상 다른 사람들이 부럽지 않게 되었지요.

회사에서 받는 월급이라는 게 부자가 되는 데 있어서 과연 중요할까요? 중요합니다. 월급이라는 것은 본인의 능력을 나타내는 지표니까요. 본업에 집중해서 자기 능력을 올리는 것만큼 좋은 투자는 없습니다. 부동산 투자나 주식 투자보다 훨씬 중요한 투자입니다.

하늘 모르고 치솟던 부동산 가격도 최근 크게 조정을 받고 있습니다. 마치 2007년 정점을 지난 이후의 시기처럼요. 2013년처럼 비교적 쉽게 집을 살 수 있을 만한 시기가 또 올까요? 모르겠습니다. 알 수 없는 일입니다. '오를 것이다.', '떨어질 것이다.' 확신하는 사람들이 하는 말 따위를 너무 믿지 않는 것이 좋습니다.

남들이 다 집 사서 돈 벌었다고 비싼 값에 따라 사는 것은 가장 흔히 저지르는 실수입니다. 기회가 다시는 안 올 것 같은 마음에 그런 성급한 선택을 하겠지만 기회는 항상 다시 찾아오더라고요. 그동안은 본업에 집중해서 열심히 일하고 자기 능력을 키워나가면서 기회를 기다리면 됩니다. 투자 기회나 힐끔거리면서 본업에 소홀하면, 기댈 수 있는 것은 운밖에 없기 때문입니다.

나는 얼마나 빌릴 수 있는 사람일까?

처음 대출을 받으러 은행에 갔을 때가 기억이 납니다. 28살 즈음, 어머니께 돈이 필요한 일이 생겨 2,000만 원을 대출해서 빌려 드리기로 했습니다.

당시 저는 회사에 다닌 지 3년 정도 된 사회 초년생이었습니다. 제가 다니던 회사는 코스닥에 막 상장해서 시가총액이 500억 원 정도 했던 곳이었습니다. 회사의 주거래 은행이던 지점으로 돈을 빌리러 갔습니다. 대출 창구에 앉아 자신 있게 기다리던 저는 곧 대출을 해줄 수 없다는 말을 들었습니다.

"아니, 왜요? 여기는 회사 주거래 은행이고 회사에서도 이 지점으로 가면 틀림없이 해줄 거라고 했는데요?"

"재직 경력이 짧고 나이도 아직 어린 데다 결혼도 안 하셔서요. 대출해드릴 수가 없습니다."

'뭐지? 나이랑 결혼 여부는 왜 따지는 거야?'

저는 어이없는 표정으로 물어봅니다.

"아니, 경력이야 그렇다 쳐도 결혼 안 한 게 대출해주는 거랑 무슨 관련이 있는 거예요?"

"그게… 가장의 책임감이라는 것도 있고… 아무튼 다 관련이 있습니다."

담당 직원은 너 같은 애송이에게는 설명해주는 것도 귀찮다는 듯이 퉁명스럽게 대답합니다. 저는 몇 번 더 항의(?) 해보다가 어쩔 수 없다는 걸 깨닫고는 자리에서 일어섰습니다. 저의 첫 대출 시도는 그렇게 굴욕적으로 끝났습니다.

'아, 나는 돈 2,000만 원도 못 빌리는 사람이구나. 어머니께 큰소리 떵떵 쳐놨는데 뭐라고 말씀드리지?'

매서운 세상으로부터 한 방 쳐맞은 제 꼴이 부끄럽기도 하고 한심스럽기도 했습니다.

시간이 흘러서 우리나라에서 제일 좋다고 손꼽히는 IT 대기업에 들어갔습니다. 30대가 되어서 그런 건지 누구나 다 아는 회사에 입사한 때문인지 은행의 대우가 달라지더군요. 더 이상의 굴욕은 없었습니다. 마이너스 통장도 처음으로 만듭니다.

이후 몇 번의 작은 빚을 지고 갚다가 본격적으로 큰 빚을 지게 된 것은 건물을 샀을 때입니다. 2억 원의 담보 대출을 받았고 회사 지원 대출금까지 사용했습니다. 이전 건물주에게 승계한 대출의 금리가 5.35퍼센트였는데 지금 생각하면 너무 높았다는 생각이 듭니다. 은행 두어 군데만 더 발품을 팔아서 영리하게 행동했다면 금리를 4퍼센트대까지 낮출 수 있었을 것 같은데 그때는 참 미숙했습니다. 당시 제 마이너스 통장 금리가 담보 대출 금리보다 2포인트 정도나 낮았으니까요.

제가 대출 서류에 서명을 할 때 담당직원은 아마 호구 하나 제대로 잡았다고 생각했을 겁니다. 아무튼 저는 이때부터 매달 100만 원이 넘는 이자를 내며 살기 시작합니다. 건물을 사서 받은 첫 월세가 230만 원이었는데 절반이 넘는 돈을 이자로 내고 살았습니다. 그러면서도 세입자의 전세 기간이 만기되면 이를 월세로 바꿨습니다. 전세를 월세로 전환하면 이전 세입자에게 보증금을 내줘야 했기 때문에 돈이 필요합니다. 다시 마이너스를 써서 충당합니다.

몇 번 이렇게 하다 보니 소득이 느는 족족 이자 또한 늘었습니다. 회사를 마치고 집에 돌아오면 컴퓨터를 켜고 한참을 멍하니 엑셀로 만든 장부를 바라보곤 했습니다. 제 머릿속은 대출 이자에 대한 계산으로 가득 찼습니다. 전세를 월세로 전환하면 10퍼센트 정도의 이익이 더 생기고 이자는 5퍼센트대였으니 조금 무리해서라도 월세로 바꾸려 했습니다.

'조금만 참자. 나중에는 점점 편해질 거야.'

결국에는 가지고 있던 회사 주식의 일부까지 팔면서 새로 나온 전세를 또 월세로 전환했습니다(제가 근래 10년 동안 했던 가장 멍청한 짓이었습니다. 회사는 상장을 하기도 전이었고 저는 지금의 5분의 1도 안 되는 가격에 팔면서 세금까지 잔뜩 내고 말았습니다.) 나중에는 돈 100만 원도 더 못 빌릴 정도로 마이너스를 한계까지 몰아붙였고 그럴수록 제 마음은 더 피폐해졌습니다.

'아… 월 소득은 점점 높아지는데 어째 점점 거지가 되어가는 것 같냐….'

이런 혼잣말을 속으로 자주 중얼거렸습니다.

2년 여를 이렇게 원금과 이자를 갚으며 살다 보니 어느덧 회사가 상장했습니다. 주가가 튀어 오르던 어느 날 저는 주식을 팔아 빚을 한 방에 다 갚아버렸습니다. 어느 정도 충동적이었다고 할 수 있겠습니다.

꽤 많이 남아 있던 원금을 한 번에 다 갚으려고 하자 은행의 담당 직원이 깜짝 놀라서 한 번에 갚을 필요가 없다고 하더군요(저를 호구로 생각했던 게 분명합니다). 저는 그래도 한 번에 상환하겠다고 했고 등기부등본에 설정된 근저당권도 해지를 요구했습니다(근저당권에 대해서는 3장에서 상세하게 다루겠습니다).

"선생님, 사람 일은 어찌 될지 모르니 근저당권은 그냥 놔두시는 게 어떠세요? 어차피 이자도 안 나가고 나중에 혹시 또 돈을 빌리게 될 수도 있으니까요."

"아니요. 앞으로 돈 빌리는 일이 생겨도 여기서는 안 빌릴 겁니다."

저를 호구로 생각하던 은행에 시원하게 한 방 날려버리고 오랜 계약을 끝냈습니다. 빚을 다 갚고 나자 제 마음과 머릿속은 다시 평화를 찾았습니다. 레버리지*를 이용해 투

---

* 작은 힘으로 큰 물체를 들어올릴 수 있는 '지렛대 효과(leverage)'를 자산 증식에 적용해, 빚을 내서 규모를 키워 큰 수익을 얻는 투자 방법을 말합니다. 금융에서는 부채 또는 차입을 의미합니다.

자하는 것은 수익률을 극대화할 수 있는 방법입니다. 하지만 레버리지에는 빛과 그림자가 있습니다. 사람들은 장밋빛 미래에 대해서만 생각하지, 투자가 실패했을 때 손해 또한 극대화된다는 것은 제대로 고려하지 않는 것 같습니다. 저도 마찬가지였습니다.

지난 해 3월, 코로나가 한바탕 주식 시장을 휩쓸고 가기 전에 빚을 내서 투자했던 사람들은 반대매매로 싹 쓸려 나갔습니다. 욕심을 낸 만큼 크게 다쳤을 것입니다. 사람이나 회사가 망하는 것은 돈을 못 벌어서가 아니라 빚을 못 갚아서입니다. 돈 좀 못 벌어도 빚이 없으면 파산하지는 않습니다. 하지만 신뢰를 잃은 사람에게 세상은 자비를 보이지 않습니다. 저의 경우는 운이 좋게도 건물을 산 이후부터 부동산 가격이 오르기 시작했고, 공실 없이 방도 잘 빠졌습니다. 대출 금리까지 계속 낮아졌으니 기대하지 않았던 운까지 따랐다고 할 수 있습니다.

만약 상투를 잡고 건물을 사서 시세는 계속 떨어지고 공실이 생기고 금리가 오르는 추세였다면 어땠을까요? 건물을 팔려고 내놔도 팔리지 않았을 것이고 제가 부린 욕심이 부메랑으로 돌아와서 제 목을 서서히 조여왔을 것입니다.

"어떤 사람의 신뢰도란 그 사람이 이 세상에서 빌릴 수 있는 모든 돈의 합 아닐까요?"

제 친구가 해준 이야기인데 참 인상적이었습니다. 저는 이 말이 사실이라고 생각합니다. 영혼까지 끌어당겨 빚을 내고 살 때의 스트레스를 아직 기억하고 있습니다.

저는 높은 수익에 대한 욕심으로 빚을 내어 투자하지 않기로 다짐했습니다. 돌아보니 욕심을 버렸을 때에 크게 수익률이 떨어진 것도 아닌 것 같습니다. 그 덕에 마음 편하게 살 수 있는 것은 추가적인 보너스입니다.

비트코인과
벼락부자의 꿈

제가 한 투자 중 가장 실패한 케이스는 비트코인입니다. 비트코인과 이더리움 그리고 이름도 잘 기억나지 않는 잡코인들…. 기록을 뒤져보니 2017년 12월에 처음 발을 담갔네요. 인터넷에서는 갑자기 1,000억 대 벼락부자가 됐다는 사람들이 등장하기 시작하고, 실제로 주변에 있는 사람들도 하나둘씩 얼마를 벌었다 떠들기 시작합니다. 식당에 앉기만 하면 다들 코인 이야기뿐이었죠. 코인에는 전혀 관심이 없었는데, 주위에서 하도 떠들어대니 저도 솔깃합니다.

'한 100만 원어치만 사볼까?'

오르면 팔고 다시 사기를 반복하면서 한 달에 70만 원 정도 벌었네요. 우와, 재밌습니다. 게임 같기도 하고 돈 버는 거 참 쉽습니다.

그렇게 한 달 정도가 지나 2018년 1월이 되었습니다. 여전히 코인은 불기둥입니다. 친한 친구와 점심을 먹었는데, 이 친구는 저보다 훨씬 돈이 많았고 저와 같은 프로그래머이면서 전문 투자자이기도 했습니다. 역시나 코인 이야기를 신나게 합니다. 무슨 이야기를 했는지 지금은 잘 기억나지 않지만 블록체인의 미래가 밝다, 앞으로는 세상이 토큰화될 거다, 뭐 이런 이야기들을 했던 것 같습니다. 점심값은 식사 당일 자고 일어났더니 1,000만 원을 번 그 친구가 냈습니다.

친구와 헤어지고 찬 바람 부는 공원을 혼자 거닐며 여러 가지 생각을 합니다.

'아… 이렇게 코인 가격이 계속 오르면 안 그래도 나보다 돈이 많은 친구가 더 부자가 될 텐데, 이러다 따라갈 수 없게 격차가 벌어질 것 같은데? 1,000만 원어치 정도만 사볼까? 100배가 오르면 10억이 되네. 흐음… 그 정도론 너무 적은데? 한 1억 정도를 사서 100배가 오르면 100억이 되잖아. 이 정도면 정말 평생 놀 수 있겠군.'

이따위 생각들을 하며 공원을 거닐었습니다. 다시 생각해봐도 너무 허섭해서 한숨이 나옵니다. 저는 왜 그랬을까요?

욕심이 났습니다. 마음속에 욕심과 초조함이 가득했습니다. 결국 저는 이를 떨쳐내지 못하고 5,000만 원 정도를 투자하고 말았습니다. 당시 코인이나 블록체인이라는 게 뭔지 잘 이해하지도 못했고, 어떤 가치가 있는지도 몰랐습니다. 그냥 내가 산 가격보다 더 비싸게 사줄 호구를 기대하며 샀다고 보는 게 맞겠습니다. 1년의 시간이 지나 4,000만 원이 넘게 손실을 보고 나서야 가지고 있던 코인들을 정리했습니다. 상품 자체를 보지 않고 다른 호구들을 기다리며 투자하는 행동은 앞으로 다시는 하지 않으려고 합니다.

당시 욕심과 조급함에 마음이 달아오르던 그 느낌은 아직 제 몸 속에 남아 있습니다. 어떤 투자에 욕심이 생길 때마다 이 뼈아픈 기억이 저를 붙잡아주곤 합니다. 계속 제 몸 속에 남아 있어 줬으면 좋겠네요. 4,000만 원짜리 기억이니까요.

돈 버는 일 중에
쉬운 일은 없다

투자했다 망한 경험은 많이 있지만, 그중에 금전적인 손해를 본 것은 비트코인과 P2P 투자*, 두 가지였던 것 같습니다. 비트코인으로 망한 썰은 이미 풀었고, 이제는 P2P 투자 이야기를 해보겠습니다.

때는 2017년 10월. 지금 돌아보니 시기도 비트코인이 마구 폭등하던 시기와 비슷했군요. 아마도 술 마시다가 주워들었던 것 같습니다. 요즘에 이런 이런 P2P 서비스들을 사용해봤는데 수익률이 꽤 좋다는, 전형적인 술자리 이야기였습니다. 하나같이 영리하고 똑똑한 친구들이었고, 여러

---

* P2P란 'Peer to Peer'의 약자로, 여기에서는 돈이 필요한 사람과 투자를 원하는 사람이 플랫폼을 통해 직접 투자를 진행하는 방식을 말합니다.

명에게 일관된 이야기를 들으니 혹합니다.

한 번 조심스럽게 시작해봅니다. 몇백만 원 정도 넣고 지켜보기로 했습니다. 한 세 달 정도 지났나? 수익률이 정말 괜찮은 겁니다. 손실도 안 나고 꼬박꼬박 이자가 들어옵니다. 이자가 들어오는 날은 월세 받는 날과 비슷한 기분이 듭니다.

'그래, 바로 이 거야! 돈이 일을 하게 해서 돈을 버는 거지!'

안심이 되니 욕심이 납니다. 돈을 더 많이 넣고 싶습니다. 당시 법적인 제한 때문에 한 사람이 1,000만 원을 초과한 금액을 투자할 수가 없어서 아내에게도 계정을 만들라고 해서 같이 투자합니다. 그래서 네 개의 서비스에 총 8,000만 원 정도를 투자했습니다. 세금을 다 떼고도 한 달에 50~60만 원 정도의 이익금이 지급되었습니다. 수익률이 약 8퍼센트 정도 됩니다.

당시에 이런 생각을 했던 기억이 납니다.

'수익률이 10퍼센트가 넘는다는 건 당연히 과장 광고지. 그 정도는 알고 있었어. 그래도 8퍼센트가 어디야. 손실이 좀 난다 해도 6퍼센트는 되겠는데? 부동산으로 수익률 6퍼센트 내기도 힘든데, 이게 부동산보다 더 낫네? 이건 스트

레스도 없고 관리할 것도 없잖아? 건물은 뭐 하러 사서 이 고생을 하고 있는 거지?'

안 그래도 옆집 이웃과 형사소송 중이었기 때문에 마음고생도 심할 때라 더욱 이런 생각이 들었던 것 같습니다. 그렇게 이자를 받아먹으며 시간이 흐릅니다.

앗, 그런데! 만기가 가까워오자 갑자기 여기저기서 연체가 생깁니다. 그제야 깨닫습니다. 돈 떼먹는 사람들이 쓰는 전형적인 수법 중 하나가 바로 이런 게 아닐까 싶습니다. 처음에는 이자를 잘 주는 척하다가 막판에 원금 떼먹고 튀기.

서비스 업체들은 추심을 제대로 하지 않는 듯 보입니다. 일단 연체가 발생하면 거의 대부분 장기 연체로 전환됩니다. 서비스 업체 입장에서 생각해보면, 떼인 돈 받아내는 데 힘쓰는 것보다 새로운 호구들을 물어오는 게 훨씬 남는 장사일 것도 같습니다. 어떤 식이든 서비스 업체는 돈을 벌도록 설계되어 있습니다. 이미 돈은 다 넣어놨고 중간에 뺄 수 있는 방법도 없습니다. 알아챈 후에는 늦었습니다.

현재까지의 결과로 약 8,000만 원을 투자해서 무려 1,500만 원 정도의 손실이 발생했습니다. 수익은커녕 20퍼센트나 손실을 봤네요. 앞으로도 이 돈은 돌려받기 힘들 것 같으니다.

'돈 버는 일 중에 쉬운 일은 없다.'

P2P 투자 실패를 통해 이 단순한 진리를 배웠습니다. 수업료가 비싸긴 했지만요.

당시 제가 했던 생각과 비슷한 생각을 하면서 P2P 투자에 진입하시는 분들도 많으실 거라 생각합니다. 앞서 나온 형사소송 썰에서 저를 구원해주었던 현명한 동생이 P2P 투자에 대해서 한 말을 들려드리고 싶습니다.

"P2P 투자요? 그건 그냥 강남역에서 지나다니는 사람들 랜덤으로 붙잡고 돈 빌려주는 거랑 비슷한 거 아닌가요?"

돈이 돈을
번다는 헛소리

2020년은 직장생활을 시작한 이후 처음으로 노동 소득이 전혀 없었던 한 해였습니다. 2019년 9월에 마지막 월급을 받은 이후로 회사를 더 이상 다니지 않았거든요. 현재 제가 돈을 버는 방법은 아래의 세 가지입니다.

① 건물에서 나오는 월세
② 앱 서비스 개발 사업
③ 주식 투자

앱 서비스를 개발하게 된 이유에 대해서는 3장에서 상세하게 설명하도록 하겠습니다.

직장에 다니던 시절 소득 분포는 이랬습니다.

월급 〉부동산 〉앱 개발 〉주식

이후로는 상황이 많이 바뀌었네요.

앱 개발 〉주식 투자 〉부동산 〉월급(0원)

주식은 운이 좀 따랐습니다. 제가 기대했던 것보다 시장 상황이 훨씬 좋았거든요. 코로나로 주식이 폭락했을 때 몇 달에 걸쳐 하루도 빼놓지 않고 주식을 분할해서 매수했습니다. '최소한 1년 동안은 회복 못할 수도 있겠다.', '분할 매수하는 동안 허리띠 졸라매고 열심히 일해야겠다.' 각오했는데 생각보다 빨리 올라왔네요.

당초 회사를 그만두는 데 가장 큰 영향을 미쳤던 부동산 수입은 코로나를 겪으며 급감했습니다. 2020년 초 받던 월세보다 절반 이상 줄었습니다. 주식을 사기 위해 월세를 전세로 돌렸기 때문입니다. 보증금은 늘었지만 어쨌든 매달 들어오는 월 수입은 절반 이상 줄었습니다. 주요 소득이었던 회사 월급이 사라졌으니 사업을 더 잘하기 위해 개발을 더 열심히 했고 다행히 사업소득이 늘어줘서 마음은 좀 편해졌습니다(그래도 대기업에서 월급 받는 것만큼 안심이 되진 않지만요. 언제든 갑자기 사업이 고꾸라질 수 있다는 생각에 걱정이 됩니다).

돌아보니 처음으로 자본소득이 '노동소득 + 사업소득'보다 많았던 한 해였습니다. 자본소득이 많은 사람들, 다시 말해 자본으로 돈을 버는 사람들은 부러움의 대상인 동시에 질투와 욕을 먹는 대상이고 그 어려움이 과소평가되기도 합니다. 대개는 자본으로 돈을 버는 것을 쉽게 생각합니다만 과연 그럴까요?

만약 로또에 당첨이 되어서 한 30억 원 정도가 갑자기 생겼다고 생각해볼까요? 이 돈을 이제 어떻게 쓰시겠습니까? 강남에 한 20억 원짜리 아파트 사고 주식도 우량주로 이것저것 7억 원 정도 사놓고 안전하게 3억 원 정도 예금해두면 돈이 잘 불어날 것 같은 생각이 듭니다. 상상속에서는요.

근데 현실에서는 다릅니다. 막상 집을 사려고 여기 저기 돌아다녀 보면 마음에 드는 물건이 없습니다. '이미 너무 많이 오른 것 아닌가? 집주인들이 너무 비싸게 부르는 것 같은데? 나 호구 잡히는 거 아니야?' 하는 의심이 끊임없이 듭니다. 옆에서는 부동산 중개인들이 집을 팔아먹기 위해 온갖 달콤한 말을 내뱉습니다.

"아유, 그냥 사요. 부동산은 사면 무조건 올라요. 집은 오늘이 가장 싼 값이라는 말도 있잖아요? 내일은 더 비싸져요."

중개인만 그런가요? 친구들, 가족들까지 다 달려들어서 어디가 유망하다는 훈수를 둡니다. 잘 알지도 못하면서. 잘 모르면 이런 꼬임에 쉽게 넘어갑니다. 그런데 집을 사고 나면 정말 집값은 기대처럼 올라줄까요? 주식도 마찬가지입니다. 삼성전자, 현대자동차 같은 커다란 회사를 사놓으면 10년 후엔 올라 있겠지 싶은 생각이 들지만 그게 어디 생각처럼 되나요?

제가 어렸을 적 친척들이 모여서 이런 대화를 나눴던 것으로 기억합니다.

"한국전력 주식은 그냥 평생 가지고 있으면 오르는 주식이야. 망할 일이 없어."

제가 그때 어린 학생이라 이런 말에 휘둘리지 않은 게 참 다행입니다. 저때 한국전력 주식을 사서 평생 가지고 있던 사람들은 20년 넘는 기간 동안 손해만 봤습니다. 2000년 19

역대 시가총액 상위목록

• 코스피, 코스닥 통합 연말 기준. 우선주 제외함.

순위	2000년	2005년	2010년	2015년	2022. 9. 2.
1	삼성전자	삼성전자	삼성전자	삼성전자	삼성전자
2	SK텔레콤	국민은행	POSCO	현대차	LG에너지솔루션
3	한국통신공사	한국전력	현대차	한국전력	SK하이닉스
4	한국전력	현대차	한국조선해양	삼성물산	삼성바이오로직스
5	포항제철	POSCO	현대모비스	아모레퍼시픽	삼성전자우
6	한통프리텔	우리금융지주	LG화학	현대모비스	LG화학
7	국민은행	SK하이닉스	신한지주	SK하이닉스	현대차
8	담배인삼공사	LG디스플레이	KB금융	삼성생명	삼성SDI
9	기아차	SK텔레콤	삼성생명	LG화학	NAVER
10	주택은행	신한지주	기아차	NAVER	기아

•2022.9.2 기준 한국전력의 시가총액은 22위. 자료: 한국거래소

조 7,000억에 달했던 한국전력의 시가총액이 지금은 겨우 13조 원 정도 하니까요.

돈이 돈을 번다는 말을 많이 합니다. 이 말을 액면 그대로 받아들이면 안 됩니다. 돈은 돈을 벌지 못하거든요. 돈은 시간이 지날수록 쪼그라들기만 합니다. 이 돈이 쪼그라들지 않게 지켜내고 불리는 것은 그 돈을 가진 사람의 실력입니다. 실력이 없으면 돈을 지키기는커녕 주위 사람들과 스스

로에게 휘둘려서 가진 돈을 잃을 수밖에 없거든요.

이걸 반대로 생각해볼 필요도 있습니다. 얼간이 같고 운만 억세게 좋아 보이는 어떤 돈 많은 놈이 자산을 꾸준히 불려왔다면? 그 사람은 얼간이가 아니라 실력이 뛰어난 사람일 확률이 높은 겁니다. 어떤 점에서 배울 수 있을지 생각해봐야지, 운 좋은 놈이라고 내리깔고 배 아파하면 안 됩니다.

상속 받아 잘사는 사람들은 어떻게 봐야 할까요?

재벌 2세들이 회사를 물려받은 이후 수 년 동안 회사를 꾸준히 성장시켜왔다면 그건 부모 잘 만나서 운이 억세게 좋은 게 아니라 그 사람의 실력으로 봐야 하지 않을까요? 어쩌면 가진 것들을 지키기 위해서 우리보다 훨씬 열심히 살아왔을 수도 있잖아요.

생각해보세요. 실력 없는 얼간이가 자식이라는 이유만으로 회사를 물려받았다면 옆에 있는 참모들이 가만히 있겠습니까? 많은 사람들이 떠날 것이고 남아 있는 사람들은 이 얼간이의 돈과 회사를 뺏기 위해서 온갖 해코지를 할 겁니다.

저 또한 회사에서 월급만 받을 때는 있는 돈 불려 돈 버는 게 누워서 떡 먹기라고 생각했습니다. 막상 남는 현금을 굴리기 시작하자 돈을 지킨다는 게 쉬운 일이 아니라는 것을 알게 됐죠. P2P에 투자해서 손해를 보기도 했고 비트코인을 샀다가 90퍼센트 가까이 날려 먹기도 했으니까요.

제가 돈이 남아 돌아서 장난삼아 투자했던 것이 아니었습니다. 회사에서 받은 피 같은 월급을 놀리기 싫어서 딴에는 잘 굴려보려고 진지하게 했던 행동이었거든요.

운이나 타이밍이 나빴던 것도 아니고 그냥 제 실력이 부족했던 것입니다. 그동안은 성과가 좋은 편이었지만 이후에는 어떻게 될지 걱정이 됩니다. 고정적인 월급이 없으니까요.

저는 매해 자본이 15퍼센트 늘어나는 것을 목표로 하고 있습니다만, 5퍼센트만 성장해도 만족합니다. 정말입니다. 잃지 않은 게 어디인가요? 현상 유지조차 쉬운 일이 아닙니다. 원하는 만큼을 달성하려면 열심히 코딩하고 공부하는 수밖에요. 가만히 있는다고 돈이 돈을 벌어다주지는 않거든요.

서울불패라고?
세상에 불패가 어딨어?

2007년쯤 있었던 일입니다.

저는 첫 회사에 들어가서 1년 정도 지낸 새내기였습니다. 어느 날 회사의 이사님이 부동산 전문가라는 지인을 초대해서 회사 회의실에서 세미나를 열었습니다.

당시에 부동산 시장이 워낙 호황이라 만나면 다들 부동산 얘기를 했던 것 같습니다. 우리 본부 사람들은 신이 나서 전부 들어가 열심히 강의를 들었습니다. 저 또한 열심히 들었는데요. 오래돼서 자세한 내용은 기억나질 않지만 몇 가지는 기억합니다.

"강남불패"

"집값은 강남에서 멀어질수록 싸진다."

"신분당선 개통 예정. 강남과 분당 런닝타임 15분."

"천당 밑에 분당"

뭐 이런 단어들을 쓰면서 부동산은 절대 떨어질 수가 없고 분당은 투자하기 최고로 좋은 지역이 될 거라는 이야기를 열정적으로 합니다. 감동적인 강의였습니다. 당시에 느꼈던 진심입니다. 저는 제가 부동산을 잘 알게 되었다고 생각했습니다. 혹하긴 했지만 가진 돈이 없으니 저는 곧 다시 회사 일에 집중했는데요, 정말 다행이었습니다.

당시 강사가 찍어준 아파트의 이름이 아직까지 선명하게 기억에 남아 있습니다. 꼭대기층에 연예인 누가 살고 있다는 말까지 생생합니다. 이런 이야기들에 혹해서 이 아파트를 산 사람들은 어떻게 됐을까요?

당시 20억이던 아파트의 시세는 절반 가량이나 떨어졌다가 10년이 넘어서야 예전 가격을 회복했고 15년이 지난 지금 24억에 머무르고 있습니다. 당시 20억 원이면 지금 돈으로 한 40억 원 정도 할까요? 이 정도 돈이 있는 사람들은 그리 많지 않습니다.

아마 당시에 이 아파트를 매매한 사람들은 부동산이야 계속 오를 테니, 사돈에 팔촌 돈까지 빌려 이런 집들을 샀을 겁니다. 신분당선이 개통하면 두 배는 오를 거라고 신이 났을 수도 있겠네요(참고로 신분당선은 2011년 10월에 개통했습니다). 구매 이후 10년 동안 곤두박질치다가 최근에야 분양가를 약간 웃도는 매매가를 보이는 해당 아파트의 그래프를 가만히 보고 있으면 당시 과열된 분위기 속에서 부동산불패 같은 말에 혹해 집을 산 사람들이 얼마나 고통받았을지 짐작이 됩니다. 2007년에 저 아파트를 샀던 사람들 중에 지금까지 기다려서 결국 이익을 본 사람이 몇 명이나 있을까요? 이자만 내다가 팔고 나간 사람들이 수두룩할 겁니다.

저는 투자하면서 "강남불패", "부동산불패", "무조건 오른다", "이게 정답" 이런 단어를 쓰는 사람들을 믿고 거르는데요. 강남불패를 외쳤던 그 강사가 저에게 준 선물일지도 모르겠습니다.

과거 몇 년간 부동산 시장이 정말 좋았습니다. 이렇게 시장이 좋으면 안 좋았을 때는 잊어버립니다. 모두 선망하는 아파트인 '반포 자이'도 미분양으로 고생했던 적이 있었던 것을 알고는 있을까요?

최근에도 2007년과 비슷한 일이 일어나고 있습니다. 2021년 하늘 꼭대기까지 올라가던 부동산 가격이 갑자기 떨어지기 시작했습니다. 서울 부동산 또한 예외가 아닙니다. 아직도 '서울불패'를 외치는 사람이 있을까요? 서울 부동산 좋은 것 맞습니다. 그런데 좋은 부동산도 적당한 값에 사야지, 하늘 높은 값에 사면 10년 넘게 고통 받을 수 있습니다. 반대로 그저 그런 부동산도 싼 가격에 사면 충분히 수익을 낼 수 있고요. 저는 후자의 케이스가 아니었을까 싶습니다.

돈 벌기 쉬운 일은 하나도 없습니다. 불패라는 말은 그 말을 하는 사람을 믿고 거를 때나 쓰라고 만들어진 단어입니다. 그 불패남은 지금 뭐하고 살고 있을까요? 혹시라도 다시 만난다면 그때 강의 이야기를 꼭 한번 다시 나눠보고 싶습니다.

2장

건물주가 쉽다고
누가 말했나

이런 젠장,
옆집에서 벌을 키우다니

"옆집에서 벌을 키우는데 가서 뭐라고 말 좀 해주시면 안 되나요? 벌 때문에 창문을 못 열고 살아요."

"네? 벌이요? 벌을 키운다고요?"

건물을 산 지 얼마 안 됐을 때의 일입니다. 세입자로부터 전화를 받았습니다. 벌 때문에 창문도 못 열고, 옥상에 빨래도 널 수가 없다고 합니다. 벌들이 빨래에 앉아 분비물이 묻어서요.

'아니, 서울 한복판 주택가에서 벌을 키운다는 게 말이 되나?'

그런데 진짜 벌을 키우고 있습니다. 옥상에 올라가 뒷집을 보니 마당에 벌통이 보이고 벌들이 날아다니는 게 보입니다.

'맙소사, 이게 무슨 일이지? 언제부터 벌을 키웠던 거지?'

세입자와 뒷집 아저씨 간에는 이미 몇 번 언성이 오간 것 같습니다. 세입자 말로는 뒷집 아저씨가 서울시에서도 양봉을 적극 권장하는데 왜 시비냐는 말까지 했답니다. 당연히 불법일 것 같은데 이건 또 무슨 소리지?

'도심 양봉'을 검색하니 "시내 한복판에서 벌 키우는 '도심양봉', 괜찮을까"나 "'도시 양봉' 취지는 좋지만…이웃들 벌 쏘임 피해 어쩌나"와 같은 기사가 나옵니다. 농촌에 비해 농약의 위험으로부터 안전하고 꿀벌의 활동으로 꽃들이 많아지고 곤충과 작은 새들이 유입된다는 장점이 있다고 합니다. 반면, 주변 이웃들이 벌에 쏘여 응급실을 찾는 경우도 많다고 합니다. 저만의 문제가 아닌가 봅니다.

도심 양봉이라는 게 불법이 아니라니 어찌할 도리가 없어서 한참을 마음 고생하며 살았습니다. 그런데 이게 끝이 아니었습니다.

벌을 키우는 집답게 뒷집 아저씨는 자기만의 정원을 가꾸는 걸 좋아하는 듯했습니다. 정원이 아니라 정글에 가까운 수준으로 무질서했는데, 이 정글에는 나무들도 있었습니다. 우리 집 뒷마당으로 나뭇잎이 떨어지곤 해서 저와 어머니가 가끔씩 치우곤 했죠.

낙엽은 그냥 두면 비가 올 때 배수구로 휩쓸려가서 배수구를 막아버리기 때문에 귀찮아도 그때그때 잘 치워줘야 합니다. 가뜩이나 벌 때문에 열 받는데 나뭇잎 때문에 더 열 받습니다.

'왜 우리가 이걸 치우고 있어야 하지?'

가을이 지나고 11월이 되었습니다. 날씨가 추워지고 비가 온 다음에는 낙엽이 한 번에 떨어지곤 합니다. 뒷마당에 나가봤더니 낙엽 천지입니다. 한숨이 나옵니다.

왜 우리 옆집에는 이런 사람들만 사는 걸까요? 혹시 제가 가만히 있으니깐 다들 절 호구로 보는 걸까요? 아니면 너무 사소하고 흔한 문제인데 제가 너무 과민 반응하는 걸까요? 싸워야 할지 아니면 계속 호구처럼 당하고 있어야 할지, 오만가지 생각이 듭니다.

아무리 생각해도 상책은 싸우지 않고 해결하는 것입니다. 뒷집에 가서 초인종을 누르니 마침 아저씨가 계십니다. 저는 앞집에서 왔다고 공손하게 인사를 드립니다. 이런 대화를 할 때는 예의 바르게, 그리고 웃으면서 말해야 잘 풀립니다. 마음속 전의가 상대에게 드러나버려서 일이 틀어지는 경험을 여러 번 하면서 배운 것입니다.

다행히 분위기 좋게 대화가 흘러갑니다. 저는 살며시 얘기를 꺼냅니다.

"저희 집 뒷마당에 낙엽이 너무 많이 떨어집니다. 저희 어머니께서 계속 치우시는데 이제 나이도 드시고 어깨도 많이 아프셔서 힘들어하십니다."

"아이구, 그래요? 미안해라⋯."

"저희 집에 오셔서 낙엽 청소를 해주시는 게 어떻겠습니까?"

공손하게 말하되 할 말은 다 합니다. 와서 직접 치우라고. 아저씨께서는 선뜻 그리해주셨습니다. 100리터짜리 봉투와 장갑을 끼고 오셔서 열심히 낙엽을 치워주십니다. 저도 옆에서 거들며 대화를 좀 나눴습니다.

우리 집이 처음 지어질 때 이야기도 뒷집 아저씨에게 들습니다. 이전 건물주와 뒷집 아저씨는 우리 집을 처음 지을 때 공사 문제로 많이 다퉜다고 합니다. 뒷집 아저씨는 저에게 '대화가 통하는 점잖은 사람'이 새로 주인이 돼서 좋다는 말을 했습니다. 이 말을 곰곰이 생각해보니 이전 건물주는 뒷집 아저씨와 '점잖지 않게', '말이 안 통하는' 막싸움을 하지 않았을까 싶습니다. 주변 건물들과 다투는 스트레스에 지쳐서 저에게 집을 판 걸 수도 있고요. 아무튼 함께 대화 나누며 청소를 한 뒤에 저는 감사의 문자 메시지를 보냈습니다.

이후로도 명절에 뒷집 아저씨와 옆집의 아주머니에게 메시지를 보내서 덕담을 나누곤 했습니다. 이런 일 때문인지는 알 수 없지만, 언젠가부터 뒷집에서 벌통이 사라졌습니다. 나뭇가지도 정리를 좀 했는지 떨어지는 나뭇잎 양도 크게 줄었고요. 정말 감사하고 기쁜 일이었습니다.

나뭇잎이 좀 떨어져도 이제는 더 이상 아저씨에게 내려와서 치워달라 말하지 않고 그냥 제가 청소합니다. 선의들이 몇 번 오가고 미움이 사라지니 이렇게 제 쪽에서 청소를 해도 호구가 된 것 같다는 생각은 들지 않습니다. 만약 그때 제가 화를 내고 싸워서 이기려고 했으면 결과가 어땠을까 가끔씩 생각해보곤 합니다. 글쎄요, 아무리 생각해봐도 지금보다 좋은 결과가 나올 수는 없었을 것 같네요.

놀고 있는 주차 자리로 200만 원 버는 법

건물주가 되면 스트레스 받는 일이 많다는 것은 이미 많이 얘기했는데요. 주차장도 그중 하나입니다. 과연 주차장 때문에 스트레스를 받는 일이 뭐가 있을까요? 별일이 다 있습니다.

제 건물은 필로티 구조인데요. 건물 1층에 지붕이 있는 주차장이 있다고 생각하면 됩니다. 많이들 보셨죠?

여름이 되면 주변 건물의 세입자들이 담배를 피우기 위해서 꼭 우리 집 주차장 그늘에 모여듭니다. 이 담배 연기는 고스란히 세입자 방으로 올라가지요. 이놈들이 담배꽁초를 주차장에 그대로 버리고 가는 것은 뭐 당연합니다. 택배차, 혹은 트럭들은 차를 돌리기 위해서 우리 집 주차장을 이용합니다. 그런데 트럭에 짐들이 있어서 차의 높이가 주차장 높이에 애매하게 걸리는 경우가 있습니다. 이런 경우 주차장 천장의 센서 등을 깨버립니다. 이들은 저에게 연락 없이 그냥 도망칩니다. 정말 짜증 나는 일이지만 지금까지 한 번도 잡은 적이 없네요. 이제는 카메라가 설치되어 있으니 또 이런 일이 생기면 제대로 응징하고 싶습니다. 이게 다일까요? 또 있습니다.

주차장에 자리가 비어 있을 땐 종종 모르는 차가 주차를 합니다. 건물주가 이걸 그냥 허허 하고 방치하면 이 차들은 '옳거니, 여기구나!' 하며 계속 불법주차를 합니다. 못 들어오게 하려면 매번 전화를 해서 단호하게 말을 하고 관리를 하고 있다는 것을 보여줘야 합니다. 하지만 이런 일들이 저에게는 너무 하기 싫은 일들이고 스트레스였습니다.

더 웃긴 것은 주차한 차주에게 어디 왔길래 우리 집에 차를 대냐 물어보면 옆집에 왔다고 하는 겁니다. 옆집 주인이 우리 집에 차를 대면 된다고 말했다는 겁니다. 이런 얘기를 들으면 화가 솟구칩니다. 제가 동네 호구인 것 같습니다. 심지어 옆집은 자기 주차장은 아예 셔터를 내려놓고 창고로 사용하고 있습니다(주차장을 이렇게 사용하면 불법입니다). 우리 집 주차장에 차를 대는 것은 잘못이 명확해서 차를 빼고 다시 대지 말라고 말하면 되지만, 이보다 애매한 경우도 있습니다. 바로 우리 건물 안이 아니라, 도로에 차를 대는 겁니다.

저희 앞 건물에 사는 사람은 저희 집 앞 도로에 종종 차를 댔습니다. 도로 폭이 4미터밖에 되지 않아 매우 좁은데 차를 도로에 대어 놓으니 저희 집에 사는 사람들이 퇴근해서 주차를 하거나 아침에 차를 뺄 때도 애를 먹고 있었습니다.

이런 불편을 이전에도(제가 운전을 할 줄 모르던 당시) 저희 집 세입자에게 몇 번 듣기는 했는데, 차가 지나다닐 수는 있겠다 싶어서 큰 문제로 생각하지 않았습니다.

그런데 제가 운전을 막 시작하고 나서인 2016년 2월의 어느 날, 제 차로 건물에 들렀다가 문제의 차가 주차되어 있는 것을 봤습니다. 으악! 제가 주차를 직접 해보니 이제야 세입자들의 고충을 알겠습니다. 사람 미치게 하는 위치에 차를 대놓고 있었던 것입니다. 주차장 ①, ②, ③의 차가 모두 비어 있다면 그럭저럭 쉽게 차를 댈 수 있겠지만 우리 건물에 차가 한 대라도 이미 주차되어 있는 경우에는 주차할 때 묘기를 부려야 합니다.

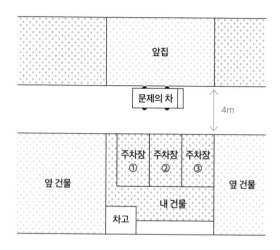

저는 바로 전화를 했습니다. 앞집에서 30대 후반에서 40대 초반쯤 되어 보이는 차 주인이 나오더군요.

"아니, 차를 여기에 이렇게 대놓으면 어떡합니까? 차 빼주시고 앞으로 여기에 대지 마세요."

"왜요? 그동안 여기에 계속 대왔는데. 그리고 공간이 이렇게 넓잖아요. 이 사이로 주차 충분히 할 수 있잖아요?"

이 얼간이는 지금까지 자기 편하려고 이렇게 차를 대오다가 곧 엄청난 불편함이 닥칠 수도 있겠다는 예감이 들었는지 기를 쓰고 차를 안 빼려고 합니다. 내가 여기 30년을 넘게 살았는데 이제 와서 왜 난리냐는 겁니다. 지금 당장 빼라는데 절대 못 뺀답니다.

저는 참을 수 없는 불쾌감에 휩싸입니다. 서로 아무 말없이 노려보는데 거의 싸움이 나기 직전입니다. 얼간이 놈은 체격은 좀 있어 보이지만 근육이 거의 없고 운동도 안 하는 것 같아 보입니다. 그날 빗방울이 아주 조금씩 떨어지고 있었고 저는 우산을 들고 있었는데, 이 우산으로 머리통을 한 대 후려치면 깨갱 하고 말을 들을까 아니면 반격을 해서 개싸움이 벌어질까 생각했습니다. 어느 쪽이 됐든 문제를 잘 해결할 수 없을 것 같습니다.

일단 옆집에 원수를 만들어서 좋을 일이 하나도 없습니다. 무엇보다 억대 연봉을 받고 회사를 다니는 제가 이런 얼간이와 개싸움 하다가 경찰서에 끌려가는 모습도 짧은 시간에 머릿속에서 빠르게 스쳐갑니다. 끔찍합니다. 알겠다, 그럼 뭐 법대로 하자 하니, 얼간이는 그러라 큰소리치고 집으로 들어갑니다.

사실 저는 이때 너무 순진해서 도로에 이렇게 차를 대는 것이 불법인지 아닌지도 몰랐고 어떻게 처리해야 하는지도 모르고 있었습니다(지금은 압니다. 생활불편신고 앱으로 사진을 찍어서 신고하면 처리해줍니다).

뭐 일단 사진은 찍어놔야 할 것 같습니다. 멀리에서도 찍고 가까이에서도 찍고 열심히 사진을 찍고 있는데 얼간이 놈이 제가 사진 찍는 걸 숨어서 보고 있었는지 다시 문을 열고 나옵니다. 얼간이는 전략을 바꿔서 사정하기 시작합니다

"아니, 우리 이웃인데 너무 각박하게 하시는 거 아닌가요? 이웃끼리 서로 도와가며 지내야지요."

"뭔 소리예요. 도와가며 지낼 거면 차를 빼요. 이웃끼리 불편하게 하지 말고."

"아유~ 차를 뺄 데가 어디 있다고 빼요. 주차장도 없는데."

그때 생각이 팍 떠올랐습니다.

당시 우리 집은 주차장이 비어 있는 상태였습니다. 이 자리에 자꾸 남의 차들이 들어와서 짜증이 났는데 이 얼간이에게 돈을 받고 차를 대놓게 하면 이만한 딜이 없습니다. 얼간이도 좋고 나도 좋고. 가격이 문제인데 도대체 얼마를 받아야 하는 건지 모르겠는 겁니다. 얼간이와 말씨름을 하면서 머릿속에서 빠르게 생각을 해보려고 하지만, 당시에 차를 산 지 얼마 안 돼서 돈 내고 주차를 해본 경험이 없는 저는 전혀 계산을 하지 못합니다.

'에라, 모르겠다. 한 달에 3만 원만 달라고 하자. 어차피 놀고 있는 거 이거라도 받고 스트레스도 안 받으면 내게는 이익이지.'

얼간이에게 제안했더니 굽신굽신 하면서 좋아합니다. 그 이후로 얼간이는 만날 때마다 저를 사장님이라고 부르고 큰 목소리로 인사하기 시작했습니다. 다른 차들이 우리 집에 주차하는 모습이 보이면 자기가 처리해주겠다는 말까지 합니다.

나중에 알고 보니 한 달에 3만 원은 무척 싼 가격이었습니다. 지붕이 있는 주차장 전용 자리를 한 달 3만 원에 쓴다? 지금 생각하면 순진한 제 모습에 웃음이 나옵니다.

얼간이는 그렇게 몇 달 동안 저희 집에서 싸게 주차를 하다가 이사를 갔습니다. 바로 몇백 미터 떨어진 곳으로 이사를 갔는데, 이사를 가며 주차장을 계속 쓸 수 없냐고 물었고 저는 거절했습니다. 다른 사람에게 월 9만 원에 팔았거든요.

얼간이가 이사를 가고 얼간이의 낡은 빨간 벽돌집은 부서지고 새로운 건물이 들어서기 시작했습니다.

이때도 이런저런 일로 스트레스가 많았는데, 그 스트레스 중 한 가지는 공사하는 차들이 자꾸 저희 집에 주차를 하는 것이었습니다. 저는 더 이상 순진하지 않았습니다. '이렇게 주차를 할 거면 돈 내고 제대로 주차해라. 공사 언제까지 할 거냐. 6개월? 좋다. 200만 원을 내라. 싫으면 차 다른 데다 대라. 길도 막지 마라. 이렇게 하는 게 너희들도 공사하기 편할 거다.'

저는 200만 원을 받았고 차를 100군데나 긁혔던 제 불쌍한 세입자에게 그 돈을 줬습니다. 지금도 주차장이 장기간 비게 되면 저는 월 9만 원에 주차장을 팝니다. 수요가 많아서 파는 것이 전혀 힘들지가 않습니다. 덕분에 제 스트레스도 줄고 수입은 늘었네요. 아내는 이런 저를 보며 발가벗겨 내놔도 굶어 죽지는 않겠다고 합니다. 하하, 네. 사실 저도 자신 있긴 합니다.

누수보다
미운 업자들

건물주로 살면서 받는 스트레스 중 세입자 월세 밀리는 걸 많이 걱정하시는데 그건 사소한 일입니다. 방안이 무슨 돼지우리도 아니고 (과장 없이) 발 디딜 틈이 없게 온갖 쓰레기 더미와 함께 살던 친구도 있었고요. 밤늦게까지 친구들하고 술 마시며 시끄럽게 굴던 친구, 쓰레기 분리수거도 안 하고 일반쓰레기를 음식물쓰레기와 잔뜩 섞어서 버리던 친구, 하루 종일 방 안에서 담배를 얼마나 피우는지 복도까지 담배 냄새가 나게 만들었던 친구, 건물에 창고 같은 거 없냐고 물어보길래 왜 그러냐 물으니 자기가 옷이 너무 많다며 안 입는 옷들은 좀 내어 놓고 싶다던 친구까지 정말 가지가지였습니다. 게다가 불법 주차하는 차들에 지나가며 사람들이 투척하는 쓰레기, 그리고 옆집 아주머니….

이런 스트레스가 사람 스트레스라면, 건물주에게는 기술적인 문제도 존재합니다. 도배, 장판, 보일러, 전기, 배수, 누수 같은 문제가 기술적인 문제라고 할 수 있겠습니다. 저는 이런 기술적인 문제에서 사람 문제보다 스트레스를 많이 받습니다. 그건 아마 제가 아는 게 하나도 없었기 때문일 겁니다. 저는 하다 못해 기존 형광등을 LED 등으로 교체하는 것조차 스스로 못했으니까요(이제는 할 줄 압니다).

저에게 가장 스트레스가 잦았던 일은 바로 누수였습니다. 저는 건물에서 물이 새는 일이 얼마나 흔한지 건물을 사고 나서야 알았습니다. 대부분은 보일러에서 물이 새는 경우였습니다. 경험이 어느 정도 쌓인 뒤에는 어떤 방에서 물이 샌다고 하면 그 윗층에 올라가서 보일러를 하나씩 살펴봅니다. 제발 물이 새고 있어라 기도하면서 보일러실 문을 열어봅니다. 물이 안 새고 있으면 더 골치가 아프거든요. 물이 샌다면 A/S 기사를 불러서 부품을 교체하면 됩니다.

옥상에서도 물이 샐 수 있다는 건 생각도 하지 못했습니다. 2009년 완공된 건물이 지어진 지 7년쯤 후 그러니까 2016년부터 어머니께서 옥상 바닥이 너무 닳았다며 방수 공사를 한번 해야 한다고 몇 번이고 말씀하셨습니다. 저는 방수 공사가 뭔지도 몰랐습니다. 회사 다니기에도 바빠 죽겠는데 공사는 엄두도 나지 않아서 공사 얘기만 나오면 나중에 얘기하자며 미루곤 했습니다.

그러던 2017년 8월 21일. 기록해둔 날짜를 보니 아마 장마철이었던 것 같습니다. 3층 복도 센서 등에서 물이 똑똑 떨어집니다. 제 건물은 3층 건물인데 3층 천장에서 물이 떨어진다는 건 옥상에서 새는 겁니다. 그건 저도 딱 알겠습니다.

'하아. 어떻게 고치지? 이건 보일러 문제가 아닌데?'

아… 스트레스가 극심해집니다. 이런 일로 스트레스를 받지 않고 쉽게 처리해버리는 사람들도 있습니다만 저는 성격상 그렇지가 않습니다. 무슨 공사를 왜 해야 하는지도 이해하지 못했는데 모르는 사람을 불러다가 일을 맡긴다는 게 영 내키지가 않습니다. 일단 방수 공사에 대해서 알아봐야겠다고 생각하며 회사일에 치여 하루하루 보냅니다. 엇, 그런데 장마철이 지나고 나니 더 이상 물이 새지 않습니다. 맑은 날씨와 따뜻한 햇볕이 너무 좋습니다. 제 마음도 해가 쬐는 것처럼 따뜻해지면서 아무 일도 없었던 일상으로 돌아갑니다.

그렇게 2018년이 됩니다. 이번에는 정말 미룰 수 없다는 걸 저도 알아버립니다. 비가 오면 3층 센서등에서 물이 떨어지는 건 더 심해졌고, 간혹 건물에 전기가 내려가는 일이 생깁니다. 불이 날 수도 있겠다고 생각하니 너무 무섭고 소름이 끼칩니다. 3층 센서 등은 아예 전기가 안 들어오도록 차단해버렸습니다.

어머니께서 집에서 가장 가까운 페인트 매장에 가서 방수 공사 비용을 알아보았는데 400만 원을 달랍니다. 젠장, 이게 비싼 건지 아닌지도 모르겠습니다. 이대로 돈을 줘버리고 공사를 맡기면 분명히 문제가 생길 것 같다는 느낌이 옵니다. 방수 공사에 대해 알아보기 위해 열심히 공부를 합니다. 블로그도 찾아보고 유튜브도 봅니다. 유튜브 채널에서 거의 모든 정보를 얻었습니다. 여담이지만, 이날 세상에서 가장 공부하기 좋은 매체는 책이라고 생각하던 저의 고정관념이 깨졌습니다. 기억에 남는 순간입니다.

옥상 방수 작업은 크게 다음 작업들로 나뉩니다.

① 그라인더로 바닥 갈기

② 하도

③ 중도

④ 상도

하도는 페인트가 바닥에 잘 붙을 수 있도록 풀칠을 하는 작업이라 생각하시면 되고, 중도는 방수 페인트칠, 상도는 그 위에 코팅을 하는 작업입니다. 유튜브를 열심히 보고 각각 어떤 작업인지 이해한 뒤에 제품은 어떤 것들을 사용하는지, 제품 가격은 얼마인지 찾아둡니다. 이해를 하고 나니 마음이 좀 편해집니다.

'에이, 이 정도면 그냥 내가 할 수도 있겠네.'

이딴 생각까지 듭니다. 셀프로 가족들과 일을 할까 아니면 일을 맡길까 여러 가지를 놓고 고민하다가 일을 맡기기로 결정합니다. 공부를 하고 나니 자신감이 생겨서 견적도 쉽게 낼 수 있을 것 같습니다.

하루 휴가를 내고 건물 근처에 위치한 방수 공사 가게들을 찾아갑니다. 이때가 2018년 6월입니다. 따릉이를 하나 빌려서 열심히 돌아다닙니다. 날씨도 좋고 기분도 좋습니다.

막상 방수 업체 가게 문 앞에 서니 떨립니다. 이런 가게에 들어가면 주인은 항상 손님이 호구인지 아닌지를 살펴보는 탐색전을 합니다. 손님 또한 호구처럼 보이지 않으려 노력합니다. '잘 모르겠는데요.'나 '알아서 해주세요.' 같은 얘기를 절대 지껄여선 안 됩니다. 열심히 공부했으니 자신 있게 말하자고 마인드 컨트롤을 하며 가게 문을 엽니다.

"저희 집 옥상 방수 공사를 좀 해야겠는데요. 그라인더로 바닥갈기도 할 거고요. 중도는 1액형 말고 2액형으로 해주세요. 제품은 2100KS로 하고요."

뭐 이런 얘기를 내뱉으면서 쓱 살펴보니 '이놈이 얼간이가 아니구나.' 하는 주인의 표정이 보입니다.

세 군데 가게를 들렀는데 다들 비슷하게 250만 원 정도를 부릅니다. 마지막으로 저희 어머니가 찾아갔던, 건물에서 가장 가까운 페인트 매장에 갑니다. 400만 원을 부른 그 집입니다. 이미 이 동네에 있는 가게를 다 돌아보고 견적을 받아왔다, 공사 맡아서 하고 싶으면 좋은 조건을 제시해보라고 말합니다. 사장님이 고민하는 척하더니 230만 원을 제시합니다.

230만 원. 똑같은 집을 공사하는데 누구에게는 400만 원을 제시하고 누구에게는 230만 원을 달랍니다. 50퍼센트 가까이 싸지니 기분이 좋지만 한편으로는 호구들에게 얼마나 받아먹는 거냐 하는 생각이 듭니다. 이렇게 사람에 따라 가격이 두 배씩 왔다 갔다 하는데 믿을 수가 있나 하는 생각도 듭니다.

보통 이런 상황이 되면 가게 주인들은 재료나 인건비를 아껴서 어떻게든 더 이익을 내려고 한다는 것쯤은 잘 알고 있었습니다. 계약서도 간이 영수증 뒷면에 대충 가격만 쓰고 두루뭉술 넘어가려고 하길래, 재료는 뭘 쓸지 며칠 동안 작업할지도 적어달라 했습니다.

공사는 언제 시작할 거냐고 물으니 비 때문에 날짜를 확정해줄 수가 없고 시작하기 사흘 전에 알려주겠답니다. 7월이 되면 장마가 시작될 거라 제 마음은 초조한데 영감님은 곧 해줄 테니 걱정하지 말랍니다. 걱정 붙들어 매고 있으면 다 알아서 잘해주겠다고. 저는 이렇게 말하는 사람들을 믿지 않습니다. 같이 일하고 싶지도 않습니다.

그런데 어쩔 수가 없습니다. 다른 가게들은 안 그럴까요? 제가 들른 모든 가게가 다 똑같았습니다. 차라리 이 곳은 페인트 브랜드 간판을 달고 있기나 하지 다른 곳들은 간판도 하나 제대로 달려 있지 않은 영세한 곳들입니다. 울며 겨자 먹기로 진행할 수밖에 없습니다. 공사 시작이나 빨리 해줬으면 좋겠다고 생각합니다.

시간이 흘러 7월이 되고 비가 자주 내리기 시작합니다. 영감님은 이제 날씨가 더워졌다며 장마가 끝나고 추석 지나면 공사를 하잡니다. 이렇게 더운데 공사하면 사람 죽는다고.

"추석 지나고요?"

마음속에서 쌍욕이 튀어나옵니다. 처음부터 이럴 생각이었던 것 같습니다. 이제 와서 다른 곳을 알아보려니, 장마철이라 바로 공사해줄 업체가 없습니다. 그해 여름은 내내 일기예보만 보며 보냈습니다.

드디어 여름이 어느 정도 지나고 9월 10일 공사가 시작됩니다. 이것도 계속 재촉해서 시작된 날짜입니다. 계약 시 5일에 걸쳐서 작업을 해주기로 했는데, 공사 시작 날이 되어서야 갑자기 이것저것 몰아서 이틀 만에 끝내겠다고 합니다. 우려했던 일들이 우려했던 지점에서 한치도 비껴가지 않고 생깁니다. 이 사람들에게는 약속을 지켜야 한다는 개념이 없는 것 같습니다. 어쩌면 무슨 약속을 했는지 기억도 못하는 건 아닐까 싶습니다. 손해배상 청구 소송을 해버릴까 싶은 마음까지 듭니다.

간이 영수증 뒷면에 쓴 계약서를 봅니다. 단어 몇 개만 찍찍 쓰여 있는 계약서가 너무 한심해서 한숨이 나옵니다. 이런 계약서로 일을 진행한 저 스스로에게도 화가 나고, 법적인 효력이 있을 만큼의 구체적인 계약서를 요구할 수 없는 현실도 화가 납니다. 그렇게 빡빡하게 굴면 공사를 안 해줄 테니까요.

선택을 해야 합니다. 작업을 할 거면 화를 내지 말고 잘 설득해서 진행해야 하고, 그렇지 않으면 빨리 다른 업체를 알아봐야 합니다. 후자를 선택해도 또 똑같은 일이 생길 것 같아서 저는 잘 달래기로 결정합니다.

'계약서에 5일을 일하기로 써놓고 2일 만에 일을 끝낸다니 말이 되냐, 그렇게 하면 페인트가 붙기는 하냐. 최소 3일에 걸쳐서 하자.'라고 이야기하고 일을 진행시켰습니다. 이런 사람들에게 일을 맡겨놓고 자리를 비울 수가 없습니다. 회사도 휴가를 냅니다. 재료들도 꼼꼼하게 하나하나 다 확인을 하고, 작업 과정에서 빠트리는 건 없는지 대충 하는 건 없는지 감시를 합니다. 이렇게 감시를 하면서도 일하는 분들이 기분 상하지 않고 열심히 일할 수 있도록 해드려야 합니다. 집 지으면 10년은 늙는다고 하는 건 이런 일들이 집 짓는 내내 반복되기 때문일 겁니다.

첫날은 그라인더로 바닥을 갈고, 둘째 날 오전에는 하도를 하고 오후에 중도를 발랐습니다.

점심은 설렁탕을 먹으면서 수육 3만 원쯤 하는 걸 시켜드렸는데, 보통 일할 때보다 좋은 걸 시켜드린 건지 아주 좋아하십니다. 일도 열심히 해주시는 것 같습니다.

이제 셋째 날 상도 작업만 남았습니다. 첫째 날과 둘째 날은 제가 회사를 휴가 내고 열심히 감독을 했지만, 셋째 날은 제주도 출장이 잡혀 있어서 감독을 할 수가 없습니다.

"아이구~ 걱정하지 말고 잘 다녀와유. 우리가 아주 그냥 매끈하게 잘해놓을 텡게."

"네~" 웃으며 대답하지만 이 사람들이 하는 말에 믿음이 안 갑니다. 어머니에게 잘 감독해달라고 신신당부 하고 저는 출장을 갑니다. 출장에 가서도 계속 사진을 보내달라며 체크했던 기억이 납니다.

그렇게 옥상 방수 공사가 끝이 났습니다. 페인트가 다 벗겨져서 보기 싫던 바닥에서 예쁜 초록색 빛이 나는 걸 보니 마음이 좋습니다. 언뜻 보면 깔끔하게 잘 된 것 같습니다. 그런데 11월의 어느 날, 3층의 세입자에게서 연락이 옵니다. 비가 왔는데 이전보다 훨씬 많이 샙니다.

으악, 안 돼! 건물에 가서 확인해보니 옥상 안쪽 모서리를 삥 둘러서 공사한 곳이 모두 쩍쩍 갈라져 있습니다. 하, 미쳐버리겠습니다. 페인트 가게 사장님에게 전화를 합니다. 밥을 먹으면서 전화를 받는지 쩝쩝대면서 아주 능청스럽게 대답합니다.

"아니, 그게 왜 갈라져 있지? 그럴 리가 없는데? 그게 갈라져 있다고 물이 거기서 새는 게 아닐 건데?"

"생각을 해보세요, 방수 공사를 했는데 물이 왜 샙니까. 물이 새면 방수 공사가 아니죠."

"물은 외벽 같은 데서도 샐 수 있어요."

이런 소리를 지껄입니다. 피가 거꾸로 솟습니다. 욕이 나오는 걸 꾹 참고, 당장 와서 갈라진 부분 확인하고 메워달라고 조용히 말합니다. 그렇게 어렵게 방수 공사를 했는데, 공사를 하기 전보다 더 많이 물이 샌다니. 기가 막힙니다. 계약서는 허술하게 썼지만, 만에 하나 일이 틀어질 가능성도 고려하고 계약할 때부터 핸드폰 녹음기를 켜고 모든 대화와 통화를 녹음했습니다. 이 일이 제대로 처리가 안 되면 정말 손해배상 청구를 해야겠다 싶었습니다. 내가 이런 개싸움을 하면서 살아야 하나 하는 자괴감이 듭니다.

다행히 손해배상 청구를 하는 일은 없었습니다. 보수가 끝나고 나서는 물이 새는 일은 없었거든요.

한 번에 똑바로 하지, 조잡하게 두 번 일한 게 영 마음에 안 들고 찜찜합니다. 앞으로도 왠지 금방 다시 고장 날 것 같기도 하고요. 그래도 어떻게 할 방법은 없습니다. 물이 더 새지 않는다는 것만으로 다행입니다.

글을 쓰다 보니 옛 생각이 나서 몇 번 울컥했습니다. 이런 기술적인 부분에 재능을 가지고 있거나 재미를 느끼는 사람들도 있습니다만 저는 아닌 것 같습니다. 저 같은 사람에게 건물주는 참 피곤한 직업입니다.

변기 뚫기,
현타와 감탄 사이

세입자들에게 전화나 카톡이 오면 덜컥 겁부터 납니다.

'하아… 또 무슨 사고가 생긴 거지?'

여름이 다가오던 어느 날, 두 명의 세입자에게 동시에 연락이 왔습니다. 에어컨에서 물이 떨어진답니다.

'A/S 기사를 불러야 하나? 새로 사는 게 더 쌀까?'

건물주는 생각보다 지저분하고 어려운 직업입니다. 특히 저처럼 고장난 물건 고치는 걸 어려워하는 원룸 건물주에게는요. 이번에도 유튜브가 나를 구원해주지 않을까 싶어 '에어컨 누수'라고 치니 바로 영상이 나옵니다.

살면서 에어컨을 한 번도 분해해본 적이 없었지만 유튜브를 보니 물 빠지는 구조를 알게 되었습니다. 에어컨에서 물이 떨어지는 원인의 대부분은 바로 배관이 이물질로 막혔기 때문이랍니다. 그럼 배관을 어떻게 뚫어주느냐? 바로 두꺼운 빨대로 배관 구멍을 후우욱 불어주면 됩니다.

'참나, 과연 이게 될까?'

혹시 진짜 될지도 모른다는 생각에 두꺼운 빨대 하나와 전동 드라이버를 챙겨서 출동했습니다. 에어컨을 뜯어보니 아니나 다를까 물받이통에 물이 고여 있습니다. 빨대를 꽂고 후우욱 불어주니, 더러운 물이 얼굴에 계속 튑니다.

'참나, 이게 뭐하는 짓인가.' 싶은 현타가 잠시 왔다 가고 '와씨, 이게 진짜 되네?' 감탄이 터집니다.

막혔던 물이 쪼로로로록 내려가면서 배관이 뚫리는 소리가 분명하게 들립니다. 에어컨 두 대를 제 손으로 고쳤을 때의 그 심정이란, 골치 아픈 버그를 해결했을 때와 똑같이 기쁩니다.

변기를 뚫는 것도 걱정 없습니다. 다만 하기 싫을 뿐? 늦은 밤 아내가 변기가 막혔다고 합니다. 아뿔싸… 아까 화장실에 보이던 휴지 뭉치를 변기에 툭 버리고 물을 내렸던 기억이 로딩됩니다. 그게 휴지가 아니었단 말이야? 어쩐지 손으로 잡을 때 감이 좀 이상하더라니….

저는 어째야 하나 고민하다가 차를 타고 24시간 마트에 가서 뚫어뻥을 사옵니다. 자정이 넘은 새벽 시간에 변기를 첨벙첨벙 쑤시고 있으니 옛 기억이 떠오릅니다. 건물주를 10년여 했으니 변기 막히는 경험은 당연히 가지고 있습니다. 한 열 번 정도 되려나요. 왜 막혔는지는 알 수 없지만 건물 내에 준비해둔 뚫어뻥으로 세입자가 알아서 처리하도록 한 경우가 많았고, 제가 가서 처리해준 적도 있었습니다. 라면 먹고 버렸는데 물이 안 내려간다고 어째야 하냐고 연락하던 친구도 있었네요.

다행히 뚫어뻥으로 셀프 처리를 시켰습니다만 연락받는 주인 입장에서는 마음이 안 좋습니다. 변기가 음식물 쓰레기통도 아니고… 뭐, 이 정도 일들은 가볍게 있을 수 있는 일들입니다.

가장 기억에 남는 일은 2017년에 있었습니다. 방이 비고 난 뒤 청소를 하는데 변기 물이 안 내려가는 겁니다. 뚫어뻥으로 아무리 쑤셔봐도 내려가질 않습니다. 할 수 없이 변기 뚫어주는 곳에 연락한 뒤 기다리니 한 젊은 남자가 뱀처럼 생긴 장비를 들고 왔습니다. 열심히 돌리는데, 뭔가 잘 안 되는 것처럼 보입니다. 한 5분 정도 지났으려나. 제가 다른 방법으로 할 테니 그냥 가시라고 하니 더 열심히 합니다. 잘 안 되니 열이 받아서 그러는 건지 어떻게든 뚫어보려고 그러는 건지, 관통기를 아예 변기에 팍팍 때려가면서 어떻게든 해보려 합니다. 저러다 변기 다 깨지겠습니다. 조용히 집에 보냅니다. 얼마나 세게 쑤셔댔는지 변기 타일이 갈려나간 자국이 아직도 남아 있습니다.

이런 적은 처음이고 왜 이런 건지도 모르겠습니다. 저희 집수리를 몇 번 해주셨던 분에게 연락했는데, 이것저것 해봐도 안 됩니다. 결국 변기를 다 뜯어내고서야 고쳤습니다. 아니 그런데 세상에, 신문지들과 화장품들로 꽉 막혀 있었다고 턱 꺼내서 보여주는 것 아니겠습니까. 립스틱 같은 화장품 용기들을 그대로 변기에 넣고 물을 내린 겁니다. 이게 도대체 무슨 일이지?

건물주가 세입자에게 미움을 사면 세입자들이 이사 갈 때 변기에 이것저것 잔뜩 넣고 막히게 한다는 이야기는 한 번쯤 들어보셨을 겁니다. 그런 일이 저에게도 일어난 것입니다. 그런데 아무리 생각해봐도 제가 미움 산 일을 한 적이 없는 것 같습니다. 심지어 방을 빼고 이동하는 곳이 언덕이 심한 곳이라 고생하겠다 싶어서 제가 몇 개 짐을 차에 실어

데려다주기까지 했습니다. 곰곰이 다시 생각해보니 그 친구를 내려주고 인사하며 돌아올 때, 그 친구 표정이 뭔가 미안해하는 표정이었던 것 같기도 합니다. 지금도 왜 그러고 간 건지, 고의적이었는지조차 모르겠습니다. 제가 인지하지 못한 채 그 친구를 기분 나쁘게 했을 수도 있겠다는 생각도 듭니다. 당시에 표정이 왜 그랬는지 안 물어봤던 게 이제 와서 좀 후회됩니다. 다 해결됐으니 됐다고 생각했던 것 같습니다.

그나저나 저희 집 변기는 뚫어뻥으로 아무리 쑤셔도 뚫리지 않아 결국 다음 날 사람을 불러서 해결했습니다. 관통기를 들고 와서 한 15초 정도 돌렸더니 바로 뚫리더라고요. 비용은 4만 원을 드렸습니다. 집에 들어와서 나가는 데 3분도 안 걸렸을 것 같은 시간에 4만 원을 법니다. 그걸 보고 이런 생각이 듭니다.

'오호라… 요즘 회사도 그만두고, 낮에 시간도 많은데 변기 관통기를 하나 사두고 홈페이지 간단하게 만들어서 올리면 연락 좀 오겠는데?'

찾아보니 변기 관통기 가격은 1~4만 원 정도 합니다. 한 번 출장이면 바로 투자금을 회수할 수 있습니다. 생각해보니 이것 말고도 여러 가지 장점이 있습니다.

첫째, 아내가 절대 사지 말라는 킥보드를 하나 살 좋은 핑 곗거리가 됩니다.

둘째, 여러 집들을 다녀보면서 부동산 공부를 할 수 있습니다.

셋째, 무엇보다 수익성이 좋습니다. 가까운 곳만 다닌다면 시간도 거의 안 들어가니 용돈벌이 하기에 참 좋습니다.

한 30분 정도를 설거지하면서 생각해보다가 몇 가지 단점을 떠올리고는 마음을 접었습니다. 무슨 단점인지는 굳이 적지 않겠습니다.

정화조 업체
사장님의 경고

건물을 사고 정화조 청소를 해야 한다는 연락을 받기 전까지는 정해진 기간마다 의무적으로 정화조 청소를 해야 한다는 사실을 모르고 있었습니다. 똥을 싸고 물을 내리면 어디로 내려갈까 하는 생각을 해본 적도 없었지요.

주택 소유주들은 최소한 1년에 한 번씩 정화조 청소를 해야 합니다. 매년 구청과 연계된 업체에서 연락이 오는데 전화로 날짜를 예약하면 분뇨수거차가 와서 똥을 퍼갑니다. 저는 지금까지 여덟 번의 정화조 청소를 했지만 작업하는 걸 본 적은 한 번도 없습니다. 작업자들이 알아서 정화조 뚜껑 열어서 작업해주시고 우편함에 영수증을 꽂아주고 가셨습니다.

올해는 조금 달랐습니다. 정화조 아저씨가 청소가 끝난 뒤 전화를 해서는 뚜껑을 교체해야 할 것 같다고 말합니다.

"네? 뚜껑이요? 뚜껑은 왜요?"

"이게 흔들흔들 하네요잉. 걸어가다 잘못하면 다치겠어요잉."

"네? 그걸 어떻게 교체를 해요? 어디서 어떻게 교체를 하면 되는데요?"

"글께, 그 뭐다냐, 철공소에 한 번 알아보세요잉."

"철공소요? 철물점 말씀하시는 거예요?"

"철공소라고 있어요잉. 거기 연락하면 뚜껑 맞춰줄 거예요잉."

아이고, 골치야. 철공소는 또 뭐지요? 찾아보니 서울에 몇 곳 있지도 않습니다. 진짜 이런 데서 뚜껑 교체를 하는 게 맞나? 정화조 뚜껑을 살펴보니 살짝 흔들거리기는 합니다만 누가 다칠 정도는 아닌 것 같습니다.

'뭘 이 정도를 가지고⋯.' 하는 생각이 들었습니다. 철공소인지 뭔지 이상한 곳에 연락하기도 싫고 해서 그냥 넘어갑니다.

두 달쯤 지나서 정화조 뚜껑 앞을 지나다가 정화조 뚜껑이 훨씬 더 흔들리는 것을 보게 됐습니다.

'헉, 이건 큰일이다! 크게 다칠 수 있겠다.'

정화조 뚜껑이 있는 곳은 필로티 주차장이었기 때문에 주차는 물론 사람도 지나다닙니다. 아마 자동차가 계속 들락날락하며 뚜껑을 밟아서 점점 더 흔들리게 된 것 같습니다. 오늘 바로 처리해야겠다는 생각이 듭니다. 먼저 동네에 있는 철물점과 집수리를 해주는 곳에 전화를 했더니 다들 안 된답니다.

'큰일이네, 어쩌지?'

인터넷 쇼핑몰에 정화조 뚜껑이라고 검색해봤더니 종류도 엄청나게 많습니다. 가만 보니 지름만 알면 될 것 같습니다. 저희 건물 정화조 뚜껑 지름은 600밀리미터였습니다. 검색엔진 검색창에 '정화조 뚜껑 교체'를 입력해보니 블로그가 몇 개 보입니다. 그냥 뚜껑만 사서 교체하면 되는 것은 아니고, 뚜껑 주변 콘크리트를 깨내고 새 뚜껑을 잘 자리 잡게 한 다음 다시 콘크리트로 굳히는 작업을 해야 했습니다. 사람을 부를 수밖에 없습니다. 세 군데에 전화를 했습니다. 30만 원을 부르는 사람 한 명과 26만 원을 부르는 사람 두 명이 있습니다.

이렇게 공사 약속을 잡을 때에는 적어도 세 군데에 연락합니다. 전화해서 가격을 물어보고 뚜껑의 종류도 물어보고 종류별로 어떤 장단점이 있는지도 물어봅니다. 품은 들지만 이런 과정을 통해 저도 앞으로 어떤 일들이 진행되는지 파악할 수 있게 되고 눈탱이를 맞을 위험도 줄어듭니다.

가격 흥정은 짜증나는 일이지만 날짜 흥정은 더 짜증이 납니다. 저는 정확한 날짜와 시간을 알아야 하는데 "수요일에서 금요일 사이에 해드릴게요. 지금은 확정해서 말씀드리기가 어려워요." 같은 답변밖에는 들을 수가 없습니다. 상황을 봐가면서 더 좋은 건이 있으면 거기에 맞게 일정을 조율하려는 의도인지는 모르겠지만 이렇게 약속을 잡는 분들과는 함께 일하고 싶지 않습니다. 26만 원을 부르고 시간 약속도 정확하게 잡은 분에게 일을 맡깁니다.

이틀 뒤에 공사를 하기로 했는데 그 이틀 동안 사고가 나진 않을까 걱정이 됩니다. 주차하는 사람과 지나다니는 세입자들에게 정화조 뚜껑이 흔들거리니 지나다닐 때 조심하시라고 당부를 합니다.

아, 불길한 예감은 왜 틀리질 않을까요?

공사하기 바로 전 날, 계단 청소를 해주시는 분이 결국 사고를 당했습니다. 정화조 뚜껑을 밟고 지나가다가 발이 끼어 넘어졌나 봅니다. 저에게 전화를 해서 빨리 교체하셔야겠다고 말씀해주십니다. 많이 다치셨는지 물어보니 타박상 정도라고 괜찮다고 이야기합니다. 그래도 미안한 마음은 어쩔 수가 없습니다. 청소업체에도 조심하라고 미리 얘기를 했어야 했는데, 제가 놓쳤습니다.

보상금을 드리고 싶은데 얼마를 드려야 할까. 5만 원? 10만 원? CCTV로 어떤 사고가 난 건지 돌려봅니다. CCTV가 정화조 뚜껑 쪽을 향하고 있진 않아 확실하게 알 순 없지만 넘어지면서 청소도구를 놓치는 장면은 보입니다. 또 바지와 신발에 물을 계속 뿌리던 걸로 봐서 똥물이 튀었던 건가 싶기도 했습니다. 설마 발이 빠지신 건가? 저는 30만 원을 드리기로 합니다. 제 잘못이니까요. 이렇게 많이 안 주셔도 된다고 하시며 미안해하십니다. 미안한 건 나인데….

결국 다음 날 공사를 마치고 제 마음은 다시 평온을 찾았습니다. 공사하는 것을 함께 지켜보며 많이 배웠습니다. 정화조 안에 그렇게 파리와 나방이 많이 살고 있다는 것도 처음 알았습니다.

저는 어릴 때부터 큰 문제가 될 수도 있는 일을 안일하게 생각하다가 나중에 큰 대가를 치르곤 하는 일이 많았습니다. 처음 정화조가 흔들거린다는 말을 들었을 때 바로 고쳤다면 이런 일도 없었을 텐데. 정화조 뚜껑 공사비 26만 원보다 많은 돈을 보상비로 쓰고 말았습니다. 몸이 좀 이상해도 병원을 찾지 않는 것도 저의 나쁜 버릇 중 하나입니다. 이제 이 버릇을 고칠 때가 된 것 같네요.

건물을 사려면
주변 건물부터 살펴야 한다

앞집이 무너지고 새 건물이 들어설 줄이야…. 이런 생각은 못해봤습니다. 하지만 생각해봤어야 했습니다.

4미터 도로를 사이에 두고 제 건물 건너편에 있는 집들은 모두 1980년대에 지어진 낡은 단층 주택들이었습니다. 덕분에 3층짜리 저희 건물은 도림천이 훤히 내려다보이는 멋진 조망을 자랑했습니다. 그러나 맞은편 집들은 모두 제3종 일반주거지역에 해당하는 곳들이었습니다.

국토의 계획 및 이용에 관한 법률 시행령에 따르면 주거지역은 거주의 특성과 환경, 편리성을 고려해서 아래와 같이 분류됩니다.

1. 전용주거지역

기존에 형성된 양호한 주거환경을 보전하기 위한 설정된 곳으로, 도시자연공원이 연계되어 있는 지역 등이 대상입니다.

① 제1종 전용주거지역: 단독주택 중심

② 제2종 전용주거지역: 공동주택 중심

2. 일반주거지역

편리한 주거환경을 보호하기 위해 필요한 지역입니다. 저층, 중층, 고층 주택을 적절히 혼합하여 양호한 주거환경을 보호하고 인근의 근린생활시설과 조화를 이룰 필요가 있는 지역이 대상입니다.

① 제1종 일반주거지역: 저층주택 중심

② 제2종 일반주거지역: 중층주택 중심

③ 제3종 일반주거지역: 중·고층주택 중심

앞집이 제3종 일반주거지역에 해당하는 지역이었으니, 저는 언제든지 이 집들이 부서지고 높은 새 건물이 들어설 수 있다는 상상을 한 뒤 건물 구입을 결정했어야 했습니다.

앞집의 단층 주택이 사라지고 고층 새 건물이 들어서면 도림천 조망을 다 가려버릴 것이 분명했으니까요. 정말 이 정도 생각은 했어야 했는데, 안타깝게도 저는 이런 생각을 하지 못했습니다. 1종, 2종, 3종이라는 게 무슨 말인지도 몰랐는걸요.

2017년 어느 날, 건물에 들어갔는데 각 원룸 현관문 앞마다 30롤짜리 휴지 한 통씩이 놓여 있는 겁니다.

'뭐지? 웬 휴지들이지?'

의아해서 알아보니, 앞집 건물 두 개가 같이 팔렸답니다. 새로운 건물이 들어설 예정으로, 곧 공사가 시작되니 소음과 분진에 대한 양해를 부탁한다고 새로운 건축주가 보내온 뇌물이었습니다.

'큰일이다! 남쪽에 건물이 들어서면 조망도 가리고 해도 가리겠는걸. 몇 층짜리가 지어지는 거지?'

6층짜리랍니다.

'망했군.'

아차 싶었지만 할 수 있는 일은 없었습니다. 공사나 조용하고 빠르게 끝이 났으면 좋겠다고 생각할 수밖에요. 몇 달 뒤 공사가 시작되었고, 공사를 하는데 조용할 리가 없습니다.

아침 7시부터 뚝딱거리는 소리에다가 하루가 멀다하고 왔다갔다 하는 자재들, 무엇보다 저에게 말도 없이 우리 집 주차장을 자기 주차장처럼 쓰는 현장 사람들.

저는 화가 났지만 무작정 싸움을 하기보다는 협상을 하기로 했습니다. 도로는 비좁은 4미터 도로.

'우리 집이 주차장을 내어주지 않으면 저 차들은 갈 곳이 없어 아수라장이 된다. 주차를 못하게 해서 공사를 방해할 필요는 없다. 대신 적당한 수준의 돈을 받자. 하루에 1만 원 정도면 어떨까? 이 정도면 거절할 수 없는 제안이겠군.'

이렇게 해서 앞서 말씀드린 6개월 주차비 200만 원을 받기로 합의합니다. 공사는 6개월보다 더 걸렸습니다. 주차장 요금을 추가로 받았었던가? 잘 기억이 나지 않습니다. 주차장 문제 외에도 우리 집 아래에서 담배 피우고, 공사하면서 술 퍼먹은 쓰레기들 버리는 등의 자잘한 문제들이 있었지만 이 정도는 너그럽게 넘어가주기로 했습니다. 결국 공사가 끝나고 건물은 다 올라갔습니다.

우리 건물에서는 더 이상 도림천이 보이지 않게 되었습니다. 해도 조금 덜 들어오게 됐고요.

아쉬웠습니다. 그만큼 가치가 떨어져버렸으니까요. 제가

할 수 있는 일도 없었습니다. 그래도 4미터 도로가 6미터로 조금 넓어진 걸 위안으로 삼아야 할까요?

부동산을 구입할 때는 내 건물만 보지 말고 주위에 있는 건물들까지 유심히 봐야 합니다.

내 건물은 그대로 있어도 주위의 건물들이 부서지고 새로 올라가면서 많은 조건이 바뀔 수 있기 때문입니다. 이런 상황을 미리 예측했어야 했는데, 역시나 비싼 수업료를 치르고 나서야 깨닫게 됐네요.

잔기술은 공부순이 아니잖아요

건물주 생활을 하면서 할 수 없이 배우게 된 것들은 다음과 같습니다.

① LED 등 교체하기

② 세면대 수전·팝업·호스·배수관 교체하기

③ 하수구 트랩 설치하기

④ 크랙이 생긴 곳 실리콘 바르기

⑤ 에어컨 누수 수리하기

⑥ 도어록 교체하기

⑦ 인덕션 교체하기

⑧ 문에 경첩 달기

지금 보면 다 별것 아닌 것들인데 저것들을 못해서 처음에는 고생을 많이 했습니다. 뭐가 고장이 났다 하면 일단 겁이 나고 스트레스를 받았습니다. 지금도 마찬가지이긴 하지만요.

전등이 고장 났다 하면 사람을 불렀습니다. 수도꼭지에서 물이 샌다고 할 때에도 사람을 불렀습니다. 혼자 하는 게 엄두가 안 났거든요. 처음 해보는 거니까요. '괜히 내가 만지다 잘못되면 어쩌지?', '감전이라도 되면 어쩌지?', '수도관 터지는 거 아니야?', '에이, 그냥 사람 불러서 안전하게 가자.'

그러나 몇 번의 경험 끝에, 누굴 부른다고 해서 안전하지만은 않다는 것을 깨달았습니다. 대충 공사해놓고 빨리 돈받고 빠지려는 사람이 천지삐까리입니다. 이런 경험을 하다 보면 제 집을 아껴주는 사람은 이 세상에 저와 제 가족밖에 없다는 당연한 사실을 깨닫게 됩니다.

'그래, 기본적인 것은 내가 해보자.'

LED 등을 처음 갈아본 날의 기쁨을 기억합니다. 유튜브에서 본 대로 낑낑거리며 따라 해보고는 불을 탁 켰는데 전등이 켜지자 어찌나 기분이 좋던지요.

며칠 전 친한 동생과 저녁 식사를 했습니다. LED 등이 고장 나서 18만 원을 주고 교체하기로 했다며 비싼 가격인지를 물어보더군요.

"에? 18만 원? 너무 비싼데?"

업자가 가져다준다는 LED 거실등 제품을 인터넷으로 찾아보니 배송비 포함 약 8만 6,000원입니다. 인건비가 약 10만 원이네요. 견적서를 살펴보니, 인건비를 10만 원이라고 적는 것은 미안한 일이라고 생각했던지 잡자재와 등기구 보강이라는 명목으로 따로 비용을 책정하고 인건비를 4만 원이라고 처리해뒀습니다. 재료비 자체에도 웃돈이 꽤 얹혀 있습니다. 나중에 수리는 잘 끝났는지 물어보니 깔끔하게 잘해주고 갔다고 합니다. 그런데 기존 LED 전등 수거 명목으로 2만 원을 또 받아갔다네요. 아… 눈물 좀 닦고….

그날 저녁, 식사를 하면서 크게 웃었던 포인트는 이 동생이 서울대 전기공학부를 나왔다는 사실입니다.

"야, 넌 그렇게 똑똑한 애가 어떻게 전등 하나 못 가냐?"

"하하하, 제가 전기공학부의 자존심을 걸고 노력해보려고 했는데 쉽지 않더라고요."

엄청 웃었습니다. 너무 똑똑해서 이 세상 모든 문제를 해결할 수 있을 것 같았던 이 동생에게도 이런 얼간이 같은 모습이 있다니, 너무 인간적이잖아!

　가만히 예전의 저를 생각해보니 어렴풋이 이해가 가긴 합니다. 처음 해보는 것은 무섭습니다. 저도 LED 등 교체할 때마다 사람을 불렀던 걸요. 이제 제가 혼자서 LED 등을 갈 수 있게 된 게 천만다행이라는 생각이 듭니다. 간단한 집수리 정도는 용기 있게 도전해본다면 남은 인생이 내내 편안할 것입니다.

건물을 샀다는 것은
경영이 시작되었다는 것

건물을 덥석 사버린 후 얼마간은 월세를 받으니 좋았습니다. 방이 많아서 월세도 자주 들어옵니다. 아침에 눈 뜨면 핸드폰으로 메일이랑 이것저것 확인하지요? 월세 들어왔다는 입금 문자를 보면 참 기분이 좋습니다. 그렇게 별 탈없이 시간이 흘러갑니다.

아마도 2013년 8월쯤이었을 겁니다. 처음으로 세입자 한 분이 이사를 나갑니다. 전세로 살고 계시던 분이었는데 그 방은 이번에 월세로 바꾸기로 합니다. 부동산에 연락해두고 저는 평소와 다름없이 회사에서 열심히 일을 합니다.

아니, 그런데 며칠이 지나도록 방 보러 온다는 연락이 한 번 없습니다.

'허걱' 하는 마음이 듭니다. 회사일에 정신을 쓰는 것만도 벅찬 일인데, 이런 것까지 신경 써야 하나 싶습니다. 너무 성급하고 안일하게 샀다는 후회를 처음으로 합니다. 그렇다고 신경을 안 쓸 수는 없습니다. 당시에 제가 가진 돈을 다 투자했는 걸요.

저는 하루하루 공실 스트레스를 받아가면서 공부를 합니다. '피터팬의 좋은방 구하기'라는 네이버 카페가 있고 여기서 원룸 직거래가 많이 일어난다는 걸 알게 됩니다. 잘 이용하면 부동산에 의지하지 않아도 되겠구나 하는 생각이 듭니다.

제가 다른 사람들보다 특히 잘하는 건 컴퓨터를 다루는 일입니다. 주말 동안 서버를 구축하고 홈페이지를 만들었습니다. 사용자 입장에서 궁금한 게 뭐가 있을지 생각해보고 홈페이지에 최대한 자세하게 적어둡니다. 사진도 물론 많이 올려둡니다. 피터팬 카페에는 사진을 한 장만 올리고 더 자세한 내용은 홈페이지에서 볼 수 있다고 안내합니다.

이제야 연락이 오기 시작합니다. 방을 보여주러 갑니다. 부동산을 안 끼고 하니 다 저나 어머니가 직접 해야 합니다. 한여름이라 땀이 뻘뻘 납니다. 다섯 번쯤 보여주었나. 몇 번

인지는 잘 기억나지 않지만 다들 계약하지 않고 그냥 갑니다.

'뭐지, 나 이제 망한 건가?'

이 상황이 너무 충격적이고, 좌절스럽습니다. 저에게 집을 판 사람도 원망스럽습니다. 방은 금방 금방 잘 빠진다며! 하지만 이렇게 포기할 제가 아닙니다. 아니 포기할 수도 없습니다. 열심히 고민해봅니다.

방을 구경한 뒤 계약을 하지 않고 그냥 돌아간 사람들에게 연락해서 이유가 뭐냐고 물어봅니다. 보통 집주인들은 부끄러워서 하지 않는 행동이지만, 자존심 조금만 죽이면 이런 건 쉽게 할 수 있습니다. 생각했던 것보다 방이 작았다고 이야기합니다. 가격은 적당한 편이랍니다. 이것저것 물어보면서 빠르게 배워갑니다.

홈페이지 내용을 고칩니다. 방 평수도 실제와 같이 적어두고, 사진도 새로 찍어서 올립니다. 과장하는 부분이나 오해할 만한 부분이 없는지 확인하고 잘 고쳐서 씁니다. 한 번 약속을 잡고 방을 보여주러 가는 일이 저에게는 큰 비용이라 이 비용 또한 아끼고 싶습니다. 예전에는 방을 보러 온다는 사람이 있으면 하던 일도 접고 달려갔는데, 이제 토요일이나 일요일 오후 두 시 정도로 시간을 정해두고 보러 오라고 합니다. 이제 한 주에 한 번씩만 보여주러 가면 되니 훨씬 편해졌습니다.

시간 약속을 정할 때 중요한 포인트는 여러 사람들에게 연락을 받더라도 모두 같은 시간에 오라고 약속을 잡는 것입니다. 이렇게 해야 방을 보러 온 사람들이 서로 만나서 심리적으로 경쟁심을 갖게 되고, 계약을 더 쉽게 이끌어낼 수 있습니다. 이건 제가 집을 구하면서 경험했기 때문에 확신할 수 있습니다.

약속시간을 오후 두 시 정도로 잡은 것은 집에 빛이 가장 잘 드는 시간에 보여주는 것이 유리하기 때문입니다. 저녁 늦게 방을 본 사람에게 동네가 무섭다는 피드백도 받았는데, '만약 낮에 보여줬더라면 어땠을까?' 하는 생각을 했거든요. 마치 스타트업을 운영하듯이 여러 가지 포인트를 관찰하고 피드백을 받아가면서 개선합니다.

그리고 가을이 되어서야 드디어 기다리던 첫 월세 계약을 마칩니다. 계약서를 쓰고 헤어져서 돌아오는 길에 얼마나 기뻤던지 어머니와 하이파이브를 착! 하면서 서로 함박웃음을 짓던 순간이 아직도 선명하게 기억납니다.

이후로는 꽤나 평탄했습니다.

부동산에 의지하지 않고 계약서도 직접 쓰면서 공실 걱정 없이 세입자를 50명 이상 바꿔가며 운영했습니다. 많은 사람이 월세 꼬박꼬박 받는 부분만을 상상하며 부러워하지만, 건물주는 마치 기업을 100퍼센트 소유한 경영자와 같습니다. 그만큼 많이 고민해야 하고 스트레스도 받는다는 뜻입니다. 제가 별 고민 없이 태평하게 부동산 연락만 기다리고 있었다면 지금쯤 어떤 몰골을 하고 있을까요? 글쎄요, 저도 정말 궁금하네요.

건물주에게 필요한
세 가지 능력

그동안 건물주가 쉽지 않다는 글들을 썼지만, 해볼 만한 이유도 한 번 이야기해볼까 합니다. 부동산 임대업으로 돈을 잘 벌기 위해서는 세 가지 능력이 필요한 것 같습니다.

① 땅과 건물의 가치를 알아보는 능력
② 건축 혹은 집 공사 능력
③ 운영 능력

이렇게 세 가지를 다 잘하는 사람은 부동산 임대업을 하면 돈을 많이 벌 겁니다. 저는 ①과 ②에 대해서는 아직도 초보 수준을 벗어나지 못했고 ③에 대해서는 어느 정도 애

기해볼 수 있을 것 같습니다.

운영 능력이라는 게 과연 뭘까요?

뭐 사실 별 것 없습니다. 공실 없이 세입자 관리 잘하고, 세입자들이 지내는 동안 불편하지 않게 해주면 됩니다. 세입자들 혹은 주위 이웃과의 갈등을 잘 풀어나가는 것도 운영 능력이라 하는 게 좋겠네요. 그런데 이 간단한 걸 많은 건물주들이 잘 못합니다.

부동산 중개소에 부탁해서 세입자를 들일 뿐 중개소에서 세입자를 못 찾는 동안은 그냥 공실로 둡니다. 1년 이상 공실로 있는 방들도 많습니다. 상황이 이래도 손쓸 방도가 없습니다. 세입자들이 불편하다고 말해도 잘 들어주지도 않습니다. 귀찮고 돈만 나가니까요. 이게 바로 여러분들이 건물주에 도전해볼 만한 이유입니다.

대부분의 사업은 쉽지 않습니다. 여러 가지 이유가 있겠지만 경쟁자가 있다는 것이 큰 이유 중 하나입니다. 여러분이 건물주가 되면 여러분의 경쟁자는 누가 될까요? 건물주로 유명한 서장훈, 박명수 같은 사람들이 상상되시죠? 아니요. 그런 사람들은 여러분의 경쟁자가 아닙니다. 그런 수백억대 자산가들은 저 멀리 다른 세상에 있습니다. 종잣돈을 차근차근 모아서 처음으로 건물을 사게 된다면 여러분의 현실적인 경쟁자는 아마도 옆집의 할머니나 할아버지들일 겁니다. 다들 은퇴하시고 월세 조금씩 받으면서 편하게 살고 싶어 하는 분들입니다. 이 분들은 부동산을 임대업이라고 생각하는 반면에 저는 회사를 경영한다 생각하고 일을 합니다.

저는 부동산 중개소 없이도 제가 스스로 세입자를 찾아서 공실을 메울 수 있습니다. 홈페이지도 만들 수 있고, 사진이나 동영상도 잘 활용합니다. 약간의 영어 실력으로 외국인 세입자도 받을 수 있습니다. 옆집에 계신 할머니 할아버지들이 과연 저랑 경쟁해서 이길 수 있을까요? 그런데 제가 말한 것들이 무슨 대단한 능력도 아닙니다. 요즘 젊은 친구들은 다 할 수 있는 일들입니다.

음식점을 하든 앱 개발을 하든 똑똑하고 밤낮 없이 일하는 경쟁자들은 우리 주변에 항상 있습니다. 그에 비하면 부동산 쪽은 사정이 좀 낫습니다. 이 일을 진지하게 잘해보려는 사람이 많지 않거든요.

① 비범한 손재주나 인테리어 센스

② 컴퓨터 및 디지털 기기 활용 능력

③ 사용자를 이해하는 능력

만약 여러분이 위와 같은 능력을 갖추고 있다면, 부동산 운영도 잘할 수 있을 것입니다.

① 비범한 손재주나 인테리어 센스

만약 여러분이 손재주나 인테리어 센스가 좋아서 뭔가 고장 나면 쉽게 뚝딱 고치거나 만들고, 누가 봐도 예쁘게 건물을 꾸밀 수 있는 능력이 있다고 해봅시다. 옆집보다 월세를 더 받을 수 있을까요? 당연히 더 받을 수 있고, 세입자도 쉽게 구할 수 있습니다. 돈 10만 원을 들고 이케아나 다이소에 가서 여러 소품을 사서 방을 꾸며두면 월세 1만 원은 거뜬히 더 받을 수 있습니다. 1년도 안 되어서 원금을 회수할 수 있다는 건 아주 훌륭한 투자입니다. 센스가 없는 사람은 같은 돈을 들여도 효과를 내지 못합니다.

② 컴퓨터 및 디지털 기기 활용 능력

사진을 잘 찍으면 유리합니다. 사람들의 눈에 처음으로 보이는 게 사진이니까. '피터팬의 좋은방 구하기' 카페든 당근마켓에 올리든 사진이 가장 중요한 콘텐츠입니다. 또한 컴퓨터를 잘 다루면 홈페이지도 만들 수 있고 광고도 쉽게 올릴 수 있습니다. 프로그래밍을 할 줄 안다면 매일 자동으로 게시글을 올릴 수도 있습니다.

이런 활동은 나이 드신 분들보다는 젊은 사람들이 압도적으로 잘하는 일들입니다.

③ 사용자를 이해하는 능력

이건 서비스를 하는 사람들에게 매우 중요한 능력이지만, 사람들이 잘 인지하지 못하거나 중요치 않게 생각합니다. 항상 고객의 눈으로 바라볼 수 있어야 합니다. 백종원은 이걸 기가 막히게 잘하는 사람입니다. 많은 서비스가 이걸 못해서 망한다고 생각합니다.

세입자를 이해하고 싶어서 세입자의 빈방에서 생활하고 잠을 자본 건물주가 얼마나 있을까요? 세입자가 이사 갈 때 불편한 점이 있었냐, 좋은 점은 뭐였냐 물어보는 건물주는 또 얼마나 있을까요? 그런데 이게 어려운 일인가요? 사용자인 세입자의 입장에서 어떤 서비스를 제공해야 할지 고민할 수 있는 사람이라면 부동산 임대업을 시작하더라도 좋은 결과를 낼 수 있으리라 생각합니다.

직거래의 장점과 단점: 집주인 편

10년여 건물을 운영하는 동안, 부동산을 끼고 세입자와 계약한 건수는 총 열 건도 되지 않습니다. 이 중 부동산에서 세입자를 찾아 계약까지 완료한 경우는 딱 한 번뿐이었고, 나머지 아홉 번은 제가 세입자를 구한 뒤에 부동산에서 계약서만 작성한 경우였습니다. 이외의 모든 계약은 저와 세입자가 다이렉트로 진행했습니다. 한 100번쯤 되려나요. 셀 수도 없네요.

전세나 월세가 금액이 큰 경우에는 방을 구하는 사람이나 내주는 사람이나 부동산에서 계약하길 원하겠지만, 보증금이 작은 원룸 월세 같은 경우에는 그럴 필요가 없습니다. '직방', '다방', '피터팬의 좋은방 구하기' 같은 직거래 카페를 너도나도 이용하기 때문입니다. 저도 이 카페를 잘 이용하곤 합니다.

부동산 없이 계약을 한다니 무서운 생각이 들겠지만, 그리 어려운 일도 아닙니다. 오히려 직접 계약할 때 좋은 점들이 많이 있는데 이런 점들을 집주인 관점으로 적어보겠습니다.

첫째, 복비를 안 낸다.

자신이 홍보를 하고 계약까지 했으니 세입자나 주인이나 부동산 수수료를 낼 필요가 없습니다.

둘째, 사람이 더 많이 찾아온다.

저의 경우를 일반화하기는 어렵습니다만, 저는 확실히 그랬습니다. 처음부터 직접 계약을 하려던 것은 아니었지만, 방 보러 오는 사람이 하도 없어서 울며 겨자먹기로 직접 홍보를 시작하니 예상 외로 결과가 좋았습니다. 어떤 날은 말 그대로 사람들이 줄 서서 기다렸다가 순서대로 방을 보고 가는 날도 있었습니다(요즘에는 직방이나 다방을 많이 쓰기 때문에 '피터팬'을 찾는 사람들이 많이 줄었습니다).

셋째, 내가 세입자를 고를 수 있다.

제가 가장 좋아하는 부분입니다. 저는 세입자를 받을 때

아무나 받고 싶지가 않습니다. 한 번 잘못 받으면 오랜 기간 스트레스를 받기 때문에 신중을 기해야 합니다.

부동산에 방을 내어놓으면 내가 집주인인데도 불구하고 부동산에 끌려다니게 됩니다. 당시는 아직 직장에 다니고 있을 때였는데, 회사에서 바쁘게 일하다가 전화가 와서 받아보면, 지금 손님이 왔는데 계약하고 싶어 하니까 '빨리' 오라고 재촉합니다. 부동산 입장에서는 얼른 계약하고 싶으니 빨리 안 오면 어디 딴 데 가기라도 할 것처럼 말합니다. 괜히 초조해집니다.

정작 저에겐 세입자에 대한 정보가 하나도 없습니다. 몇 살인지도 모르고 무슨 일을 하는지, 남자인지 여자인지도 모릅니다. 부동산에 가서 계약서를 앞에 놓고서야 세입자의 얼굴을 보게 됩니다.

저는 세입자가 어떤 사람인지가 궁금하지만 그 자리에서 하나하나 물어보는 건 어려운 일입니다. 마음에 안 든다고 그 자리에서 계약을 안 하겠다고 퇴짜를 놓을 수도 없는 노릇이고요.

여러분도 한번 상상해보시기 바랍니다. 부동산에 갔더니 몸에는 문신이 잔뜩 있고 트레이닝 바지에 민소매를 입은,

딱 봐도 받았다간 골치 썩을 것 같은 세입자가 앉아서 기다리고 있는 겁니다.

여러분은 어떻게 하시겠습니까? 으~ 저는 이런 상황이 너무 싫습니다. 제가 직접 세입자를 구하는 걸 선호하는 가장 큰 이유입니다. 이런 세입자는 어떤 식으로 걸러낼 수 있을까요?

저는 전화보다 카카오톡으로 세입자 후보(?)와 연락을 나눕니다. 회사에서 일하면서 세입자들 전화나 받고 앉아 있을 순 없으니까요. 더군다나 카톡으로 얘기하면 좋은 점들이 있습니다. 세입자가 어떻게 생겼는지, 나이는 어느 정도 되는지, 무슨 일을 하는지 물어보지 않아도 카톡 프로필과 카카오스토리에서 드러나는 경우가 많습니다. 운이 좋으면 담배를 피우는지 안 피우는지, 무리들을 잔뜩 불러 밤늦게까지 시끄럽게 소동을 부리는 건 아닌지 등도 확인할 수 있습니다.

그리고 가장 중요한 것으로 저는 약속을 잘 지키는지를 봅니다. 방 보여주겠다고 약속을 잡았는데, 막상 약속 시간이 되면 연락이 없는 사람들이 태반입니다. 그래서 항상 당일 아침에 변동사항이 없는지 확인하곤 합니다. 연락도 안 되다가 갑자기 약속 시간을 바꾸자고 한다거나 약속 시간에 한참 늦게 오는 사람들은 불합격입니다.

반면에 약속 시간을 잘 지키고 예의 바르고 명확하게 커뮤니케이션을 하는 사람들도 있습니다. 이런 세입자라면 더 바랄 것이 없습니다. 무슨 일을 하는지 회사는 어디인지도 중요하지 않습니다. 몸에 문신이 있어도 걱정 안 합니다.

위에서 직거래의 좋은 점만 나열했지만, 단점도 짧게나마 적어보겠습니다.

이유야 어찌 됐든 부동산 없이 혼자 세입자를 구하는 것은 참 피곤한 일입니다. 그리고 문제가 되었을 때의 리스크 부담을 온전히 짊어져야 합니다. 사실 부동산이라고 이 리스크를 짊어져주는 것은 아닙니다만 심리적으로 안정이 되긴 합니다. 저는 이렇게 다수의 계약을 직접 진행하면서 정말 많은 것을 배웠습니다. 모든 계약을 부동산 없이 진행해보라고 권유는 못하겠지만, 한 번쯤 도전해볼 만한 경험이라고 말씀드리고 싶네요.

이 글은 집주인의 관점에서 쓰여진 글인데요, 이제 세입자의 관점에서 부동산 직거래의 장단점을 살펴보겠습니다.

직거래의 장점과 단점: 세입자 편

자, 이제 세입자 입장에서 부동산 직거래의 장점과 단점을 꼽아보겠습니다.

앞서 소개한 것처럼 직거래를 하기 위한 플랫폼으로는 '피터팬의 좋은방 구하기'라는 네이버 카페가 있습니다(한때 유일한 플랫폼이었는데 최근에는 당근마켓에도 부동산 직거래 서비스가 생겼습니다). 많은 집주인들이 이 카페에 직거래로 방을 올리고, 세입자들도 이사를 나가기 전 미리 이 플랫폼에 방을 내놓곤 합니다. 키워드 알림 기능을 사용하면 괜찮은 집이 올라왔을 때 알림을 받아볼 수 있습니다. 세입자나 집주인이나 중개소 없이 직거래를 하면 수수료를 아낄 수 있어서 좋습니다.

그런데도 많은 사람이 직거래를 꺼리는 이유는 무엇일까요? 아무래도 보증금을 날릴 위험이 있어서겠죠. 그래서 보증금이 작은 월세 원룸에서 직거래가 가장 많이 일어납니다. 수수료 한 푼이라도 아끼고 싶은 학생들이나 사회초년생들이 직거래를 많이 하는 사람들입니다.

이들과 직거래 계약을 하려고 자리에 앉으면 얼어서 긴장해 있는 표정이 보입니다. 등기부등본과 계약서를 보여주면 처다보기는 하는데 그냥 보는 척만 하는 것 같습니다. 제가 웃으면서 "어디를 봐야 하는지는 아세요?" 하고 물어보면 그제야 "헤헤헤, 잘 모르겠어요."라고 대답합니다.

첫 번째로 등기부등본 보는 법을 알려드리겠습니다.

등기부등본의 앞 장에는 집주인의 이름과 주민등록번호 그리고 주소가 적혀 있습니다. 그리고 뒷장에는 이 집을 담보로 얼마나 대출을 받았는지가 나와 있습니다.

우선 지금 나랑 계약하는 사람이 이 집의 주인이 맞는지를 확인해야 합니다. 이게 가장 중요한 건데 사람들은 앞장은 쓱 넘기고 다 뒷장 먼저 보려고 합니다. 대출이 많으면 보증금을 떼인다고 조심해야 한다는 이야기를 많이 들어서 그런가 봅니다.

집주인에게 반드시 신분증을 달라고 해서 주민등록번호와 이름이 맞는지를 확인해봐야 합니다. 고개를 들어서 집주인의 얼굴을 쳐다보세요. 사진이랑 얼굴이 똑같은지까지 확인해봐야요. 등기부등본에 적힌 집주인의 주소는 계약서에 있는 집주인의 현재 주소와 다른 경우도 있습니다. 이건 괜찮습니다. 집주인이 이사 후에 등기를 갱신하지 않는 경우가 많기 때문입니다.

등기부등본에는 출력한 날짜가 적혀 있을 겁니다. 날짜가 당일 아니면 곤란합니다. 그래도 걱정할 건 없습니다. 직접 뽑아보면 되니까요. 많이들 모르고 있지만 등기부등본은 주소만 알면 누구라도 확인할 수 있습니다. 자기가 주인이 아니어도 됩니다. 누구나 보라고 등기를 하는 겁니다. 인터넷등기소 웹사이트(www.iros.go.kr)나 앱을 다운로드한 뒤 700원을 결제하면 확인할 수 있습니다.

뒷장에서는 대출금을 확인하면 됩니다. 이 집을 담보로 은행에서 얼마를 대출을 받았는지 적혀 있습니다. 집주인이 망하거나 해서 이자를 못 내면 은행이 이 집을 빼앗아갈 수 있다는 뜻입니다. 세입자는 이곳에 적힌 은행보다 후순위입니다. 즉, 집주인이 망하면 이곳에 적혀 있는 은행들이 집을 팔아버린 다음 돈을 챙겨가고, 나머지 돈을 세입자가 갖게 됩니다. 집의 가치에 비해 대출금이 과도하게 많다면 은행이 다 가져가고 세입자는 보증금을 떼일 수 있습니다.

부동산에서는 집의 매매 가격 대비 70퍼센트까지는 괜찮다고 하지만, 부동산은 계약을 성사시키기 위해 무슨 말이든 합니다. 저는 50퍼센트 이상 대출이 있는 집은 권유하고 싶지가 않습니다.

만약 보증금 1,000만 원 정도 혹은 그 이하의 월세라면 집에 잡힌 담보 대출은 별로 걱정할 것도 없습니다. 혹시 집주인이 망해서 집이 팔려나가도 세입자의 보증금을 은행보다 먼저 돌려줄 거거든요.

두 번째로, 계약서를 읽어봅니다.

등기부등본에 문제가 없다면 계약서를 확인해야 합니다. 계약서에서는 특약사항을 잘 읽어보는 것이 중요합니다. '반려동물 금지'라거나 '실내 흡연 금지' 같은 조건들이 특약사항에 들어갑니다. 집주인에게 요구할 부분과 집주인이 원하는 부분들을 서로 잘 협의해서 이 특약사항에 적어 넣으면 됩니다.

계약서를 쓸 때 세입자는 대부분 소극적으로 임하는데

요. 계약은 둘이서 함께하는 거지, 일방적으로 하는 게 아닙니다. 여러분들이 요구할 것이 있다면 말로만 약속을 받지 말고 꼭 특약사항에 적어두세요. 예를 들어 '입주일 전까지 도배를 완료해달라.'와 같은 내용을 적어달라고 할 수 있습니다.

물론 어디까지나 합리적인 선까지를 요구해야지 무리한 내용을 요구해선 안 됩니다. 도배지 상태가 아직 쓸 만한데 도배지 교체를 계약서에 명시해달라고 요구하면 아마 집주인은 여러분과 계약하지 않을 확률이 높을 겁니다. 특약사항까지 문제가 없으면 계약서에 사인을 합니다.

마지막으로, 계약서를 쓰고 난 후에는 동사무소에 달려가서 전입신고를 하고 확정일자를 받아야 합니다. 아직 이사를 하기 전이어도 처리해줍니다. 여러분이 확정일자를 받기 전에 집주인이 다른 대출을 받으면 여러분이 돈 받을 순위가 밀리기 때문에 확정일자를 빨리 받으라고 하는 겁니다. 이렇게 확정일자를 받아놔야 여러분의 권리도 확정됩니다.

뭐든지 직접 해보는 것은 중요합니다. 부동산 중개소에 너무 의지할 필요가 없습니다. 부동산은 대부분 집주인 편이고, 계약을 성사시키기 위해서는 무슨 말이든 하기 때문입니다. 어떤 말은 한 귀로 흘려들어야 하고 어떤 말은 사실 확인을 직접 해봐야 합니다. 경험이 쌓여야 배움이 느는데, 직거래 계약을 한 번 해보면 더 빨리 배울 수 있습니다.

저는 건물주이기도 하면서 전세를 살고 있는 세입자이기도 합니다. 저 또한 부동산에서 세입자로 계약을 하곤 하는데요. 이런 직거래 계약들을 여러 번 하다 보니 부동산에서 계약을 할 때도 중개사의 조언은 참고만 하고 제가 스스로 판단할 수 있게 되었습니다.

여러분들도 너무 무서워하지 말고 직거래 계약에 도전해 보시기 바랍니다. 부동산 중개소를 통해 계약을 하더라도, 부동산 없이 스스로 계약을 한다는 생각으로 임해보면 더 많은 것을 배울 수 있을 것입니다.

소액임차인 보증금 보호를 위한 최우선변제권

소액임차인의 보증금을 보호하기 위해 제정된 최우선변제권 권리를 이용하면 은행 등 선순위 담보물권자가 있더라도 보증금 중 일정액을 우선 변제받을 수 있습니다. 2021년 5월 4일 개정된 지역별 최우선 변제금의 범위와 금액은 아래와 같습니다.

소액임차인의 범위

구분	기준 금액
서울특별시	1억 5천만 원 이하
「수도권정비계획법」에 따른 과밀억제권역(서울특별시 제외), 세종특별자치시, 용인시, 화성시 및 김포시	1억 3천만 원 이하
광역시(「수도권정비계획법」에 따른 과밀억제권역에 포함된 지역과 군지역 제외), 안산시, 광주시, 파주시, 이천시 및 평택시	7천만 원 이하
그 밖의 지역	6천만 원 이하

우선변제 금액

구분	기준 금액
서울특별시	최대 5천만 원
「수도권정비계획법」에 따른 과밀억제권역(서울특별시 제외), 세종특별자치시, 용인시, 화성시 및 김포시	최대 4천 300만 원
광역시(「수도권정비계획법」에 따른 과밀억제권역에 포함된 지역과 군지역 제외), 안산시, 광주시, 파주시, 이천시 및 평택시	최대 2천 300만 원
그 밖의 지역	최대 2천만 원

소액임차인이 우선변제를 받을 수 있는 금액은 위와 같습니다. 이 경우 우선변제금액이 주택가격의 2분의 1을 초과하는 경우에는 주택가격의 2분의 1에 해당하는 금액만큼만 변제받습니다.

3장

건물주가 되고 싶은
당신에게

100만 원 첫 중고 차, 실평수 25평 4억 전세

저는 35살 때 회사의 같은 팀 동료에게 100만 원을 주고 15년 된 중고차를 샀습니다. 100만 원짜리 중고차를 타고 다니는 30대 건물주. 참 밸런스가 안 맞죠? 지금 생각해보니 저도 웃깁니다.

저는 어렸을 때부터 그다지 차를 좋아하지 않았습니다. 주위 친구들이 차가 지나가면 무슨 차인지 모델명을 탁탁 맞히는 것은 저에게는 너무 신기한 일이었습니다. 저는 지금도 못하는 일이거든요. 제가 집보다 차를 늦게 샀던 건 미리 짜놓은 인생 계획 따위가 있어서가 아니었습니다. 그냥 운전하는 게 무서웠달까요.

회사에 다니기 시작할 무렵 운전을 할 줄 모르는 사람은 주위에 저 말고는 남질 않았습니다. 차는 없더라도 다들 운전은 할 줄 알더라고요. 30살이 넘고 나서는 운전을 못한다는 것이 점점 압박으로 다가왔던 기억이 납니다. 어디 워크숍을 가거나 누가 술을 마셔서 저에게 운전할 줄 아냐고 물어보는 게 참 싫었습니다.

"나 운전 못해…."라고 말하는 것이 부끄러웠거든요.

이 콤플렉스를 극복하고 싶은 생각이 늘 있었는데, 35살 때 드디어 계기가 생깁니다.

당시에 저는 회사에서 맛집 앱을 열심히 만들고 있었는데, 팀 동료들과 이견이 생겼습니다. 앱을 켰을 때 몇 킬로미터를 반경으로 맛집들을 보여줄까 하는 내용이었습니다. 다른 사람들은 3킬로미터를 기본값으로 하자고 주장했고, 저는 1킬로미터를 주장했습니다.

"3킬로미터는 너무 멀어서 갈 수가 없는 거리예요."

그러자 다들 개떼같이 저를 몰아붙입니다.

"그게 뭐가 멀어~ 맛집 다닐 때 차로 다니는 사람이 얼마나 많은데. 니가 운전할 줄 몰라서 그래."

사소한 일이어서 당시 동료들은 기억 못할 것 같은데, 저한테는 인상적인 일이었습니다. 남들이 다 하는 경험은 내가 하기 싫더라도 억지로라도 해봐야겠다, 그래야 대중의 눈을 가질 수 있겠구나. 뭐, 이런 생각을 했습니다.

'그래, 그깟 차 사고 만다!'

당시 같은 팀의 친구가 점심 때마다 본인의 차로 운전 연수를 시켜줬습니다. 참 고마운 일입니다. 이 친구가 아니었으면 두려움을 극복하는 데 훨씬 오랜 시간이 걸렸을 겁니다. 한 일주일 정도 해보니 '뭐야, 별거 없네?' 자신감이 좀 붙습니다. 이제 차를 한 대 사도 되겠습니다.

회사의 다른 친구 하나가 자기 와이프가 운전 연습하던 차가 있다며 100만 원에 가져가랍니다. 아주 잘됐습니다. 이제 주차장 문제만 해결하면 됩니다. 당시에 저는 주차 자리도 없는 원룸 빌라에 살고 있었는데, 복비도 물어줘가며 과감하게 근처에 새로 지은 오피스텔로 이사를 합니다. 차량등록사업소에 같이 가서 차를 인수인계하고 난 뒤에는 먼 길 운전하기 무서워서 그 친구에게 우리 오피스텔까지만 좀 운전해달라고 했던 기억이 납니다.

그렇게 저는 35살에야 운전을 시작했습니다.

운전을 시작하고 나니 정말 못 보던 것들이 보입니다. 우선 제 건물로 들어가는 대로변 도로와 골목 안의 도로가 차를 대기에 너무 협소한 것이 바로 보이기 시작합니다. 골목이 살짝 오르막인데 120도 정도 꺾어서 들어가야 합니다. 게다가 도로 폭도 4미터밖에 안 됩니다. 아직도 차로 골목길 올라갈 때마다 스트레스를 받습니다.

이런 진입로 문제는 아주 중요한 문제인데, 당시에는 운전 경험이 없다 보니 이런 걸 전혀 모른 채 건물을 덥석 사버렸습니다. 물론 그렇게 겁 없이 샀으니 좋은 시기에 집을 살 수 있었던 거지만, 너무 안일한 구매 결정이었음은 부정할 수 없네요. 지금 다시 예전의 저를 만나면 혼내주고 싶습니다.

저는 이때 이후 새로운 경험의 가치를 높게 쳐주기 시작했습니다. 이전 같으면 돈 아깝거나 마음이 불편해서 안 할 행동들을 해보기 시작했습니다.

① 해외여행 매년 세 번씩 가기(이때까지 해외여행을 가본 적이 없었기 때문에 더 많이 다녀보려고 했던 것 같습니다. 가기 싫은데 그냥 억지로 갔습니다.)

② 애플 워치 같은 신제품 나오자마자 써보기

③ 퍼플카드 같은 고급 프리미엄 카드 써보기

④ 비행기 비즈니스 좌석 타보기

⑤ 안 가본 밥집에 가서 밥 먹어보기

⑥ 안 가본 길로 다녀보기

물론 돈만 날리고 별 배움이 없었던 것들도 있었지만, 이런 태도를 가지게 되면서 시야가 넓어지고, 다른 사람들을 이해하는 데 도움이 되었다는 생각을 합니다.

언젠가 순천에서 차를 한 대 대여해서 낙안읍성에 들어간 적이 있습니다. 평일이라 재촉하는 차 한 대 없이 일차로의 시골길을 시속 40킬로미터로 달리며 봄바람을 만끽할 수 있었습니다. 운전을 싫어하는 저지만, 이날의 운전은 그때까지 운전한 2만 5,000킬로미터 중 가장 행복했던 순간이었습니다. 이때 빨리 은퇴하고 시간 부자로 살아야겠다는 생각을 했던 것 같습니다.

차를 샀을 때 저는 이미 건물을 가지고 있었고 주식도 많이 가지고 있었으니 돈이 꽤 많았다고 할 수 있습니다. 당시 제 주변의 지인들은 스포츠카를 많이 타고 다녔는데, 포르쉐, BMW의 무슨 M 시리즈와 Z4, 뚜껑이 열리는 이름 모를 벤츠 등을 몰았네요. 한 친구는 차는 뚜껑이 열리는 차와 열리지 않는 차로 나뉜다며 중고차를 사더라도 간지 나는 걸 사라고 조언해줬습니다.

그런데도 저는 이상하게 차에 큰 관심이 생기지 않더라고요. 100만 원짜리 차는 운전연습용으로 샀던 것이고, 3개월 후에 새 차를 하나 사긴 했습니다. 3,300만 원쯤 주고 샀는데, 깡통 옵션이라 블루투스도 안 되고 후방카메라도 없습니다. 그래도 7년 넘게 만족하며 잘 타고 있습니다. 앞으로도 몇 년 정도는 더 탈 수 있을 것 같습니다.

우리 가족이 사는 집 역시 방 2개짜리 전셋집입니다. 실평수는 25평쯤, 전세가는 4억 원이 조금 넘습니다. 제가 가진 건물은 이보다 몇 배는 비싸지만, 저는 지금 이 집에서 무척 만족하며 살고 있습니다. 집주인이 허락만 해준다면 계속 살고 싶습니다.

거실에 있는 43인치 풀HD TV 역시 2016년에 결혼할 때 50만 원 정도 주고 산 제품인데 보급형이라 넷플릭스 같은 것이 내장되어 있지 않습니다. 저는 그런 OS가 들어 있는 TV를 아직까지 써본 적이 없습니다. 그래도 크롬캐스트와 외장하드를 하나씩 달아놓고 6년째 불편함 없이 아주 잘 쓰고 있네요.

어떤가요? 욕심 없이 사는 것같이 보이시나요? 저도 설거지를 하다가 불쑥 테슬라 모델X를 몰고 싶다는 욕심에 사로잡힙니다. 나도 저런 멋진 차를 타고 다니며 주위의 부러운 눈길을 받고 싶다는 생각을 합니다. 4K TV도 보고 싶습니다. 이렇게 욕심이 불쑥 올라왔다가도 저는 곧 이런 욕망을 다시 가라앉힙니다. LCD 모니터를 쓰다가 다시 브라운관으로 돌아갈 수 없고 큰 집에 살다가 작은 집으로 갈 수 없듯이 한 번 씀씀이가 커지면 다시 돌아올 수 없을까 봐 무섭습니다.

이렇게 소비를 절제하는 것이 제가 가진 자산을 늘리는 데 도움을 줬을까요? 글쎄요, 그럴 수도 있고 아닐 수도 있습니다. 아끼기만 한다고 돈을 많이 버는 것은 아니니까요. 그래도 이런 태도가 제가 마음 편하고 행복하게 사는 데 도움을 준 건 맞는 것 같습니다.

이번에 팬데믹 시기에 주식 시장이 나빠 모두가 힘들 때도 저는 별 걱정 없이 현금을 더 사용해서 괜찮은 수익을 올릴 수 있었습니다. 만약 무리해서 레버리지 투자를 하고 있었다면 아주 고통스러웠을 것 같습니다. 현금 흐름에 비해 씀씀이가 작으니 시장이 좋을 때나 나쁠 때나 마음이 항상 편합니다.

돌아보면 제가 일찍 회사를 그만둔 것도 큰 욕심을 안 부렸기 때문입니다. 프로그래머로서 몸값이 가장 높을 시기에 자리를 내려놔 버린 것인데, 돈을 많이 버는 것보다 집안일을 하면서 가족들과 여유롭게 지내는 삶을 선택한 것입니다.

여전히 함께 일하자며 달콤한 제안을 해오는 동료들이 있습니다. 저는 그 달콤함에 잠깐 빠졌다가 이내 이런 질문을 던집니다.

'그래서 이 제안을 해오는 친구가 나보다 행복하게 살고 있나?'

친구들은 끝내주는 회사인 것처럼 이야기하지만, 얼굴은 일에 찌들어 매우 피곤해 보입니다. 좋은 점을 잔뜩 늘어놓지만, 회사에 돌아가서 자리에 앉으면 스트레스 투성이인 것을 저는 잘 알고 있습니다. 이 스트레스를 나누고자 저를 찾아오는 것입니다.

저는 아침에 일어나서 그때그때 하고 싶은 일을 선택해서 할 수 있고, 오후에는 일을 마치고 돌아온 아내와 아이와 함께 행복한 시간을 보냅니다. 저녁 늦은 시간에는 제가 제일 좋아하는 축구를 하러 가곤 합니다.

제 주위에 있는 많은 부자 중 저처럼 마음 편하고 행복하게 사는 사람을 떠올리지 못하겠습니다. 이 친구들만큼 돈을 벌지는 못하겠지만 그래도 건물과 제가 만든 앱에서 꾸준한 수익이 나오고 있습니다. 만약 욕심에 혹해서 뭔가를 벌이기로 한다면 지금의 밸런스가 깨져버릴 겁니다.

청카바 플렉스

저는 가리봉 시장 안에 있는 낡은 집에서 태어나서 성인이 될 때까지 가리봉동을 전전하며 살았습니다. 어머니는 당시 동네에 있던 전선 커넥터 회사에 다니셨는데, 퇴근할 때는 부업거리를 잔뜩 들고 집에 와서 밤에도 일하곤 하셨습니다. 자연스럽게 우리가 살던 단칸방에는 전선 연결단자를 끼워야 하는 커넥터 뭉치가 가득했습니다. 지금도 이런 일이 기계화가 안 되어 있으려나요? 하여간 당시에는 커넥터 전선과 연결단자를 일일이 손으로 꼽아야 했습니다.

중학생이 되자 저는 어머니 일을 도와드리고 싶었습니다. 누나도 함께했습니다. 매일 시간이 날 때마다 세 가족이 둘러앉아 커넥터 단자를 꾹꾹 눌러 꽂으며 대화도 나누고

TV도 보고 했습니다. 이제는 기분 좋은 추억으로 남았네요.

커넥터 하나를 완성하면 10원 정도 받았던 것 같습니다. 어머니는 우리가 일한 만큼 돈을 주셨습니다. 가격을 좀 더 많이 쳐주셨던 것도 같습니다. 이게 남의 돈을 번 제 첫 경험이었던 것 같네요.

돈을 받다니 그만한 동기부여가 없었습니다. 누나와 저는 열심히 일했습니다. 2주 정도 열심히 일하면 15만 원 정도를 벌 수 있었습니다. 그때가 1995년, 제가 중학교 2학년 때의 일입니다. 15만 원이면 꽤나 큰돈이었습니다.

어머니는 이 돈을 우리 마음대로 쓸 수 있게 해주셨고 누나와 저는 옷을 사기로 했습니다. 어머니와 셋이 버스를 타고 영등포 롯데백화점에 갔습니다. 제가 선택한 옷은 리바이스 청카바(저는 아직도 청자켓을 청카바라고 부릅니다.), 가격은 무려 15만 원이었습니다.

사춘기 한가운데를 지나고 있던 저와 누나는 친구들이 메이커 옷을 입고 다니는 것을 부러워했습니다. 이후로도 전선 꽂아서 번 돈으로 롯데백화점에 가서 아디다스 트레이닝복 같은 것들을 15만 원씩이나 주고 사곤 했습니다. 사놓고 몇 번 입지도 않았네요. 옆에서 이 모습을 보던 어머니는 무슨 생각을 하셨을까요? 그 당시 한 달 월세가 15만 원도 안 되었을 텐데요.

저는 다행히 금방 정신을 차렸습니다. '메이커 옷이라고 대단할 게 없구나. 비싸기만 하고 심지어 예쁘지도 않네.' 생각했습니다. 그 이후로는 백화점에서 옷을 사지 않고 이대입구나 명동 밀리오레에 가서 샀습니다.

어찌나 지독하게 깎았는지 한 번은 옷값을 다 계산하고 뒤돌아서는데 가게 주인에게 어디 못 사는 나라에서 왔냐는 비아냥까지 들은 적이 있네요(이렇게 딜 이후 상대방에게 욕먹는 협상이 최고로 잘한 협상이라는 말이 있습니다. 그래도 다시는 그렇게까지 깎고 싶진 않네요).

며칠 전 어느 날씨 좋은 날, 어머니와 함께 가리봉동에 가 봤습니다. 제가 뛰어놀던 땅에 넷마블 신사옥인 G스퀘어가 들어섰다는 소식을 듣고 한번 보러 가고 싶었거든요.

넷마블의 창업자인 방준혁 의장도 가리봉동에서 태어났다고 합니다. 자기가 태어난 곳의 지역 발전을 위해 가리봉동에 신사옥을 지었다는 이야기를 들은 적이 있는데요. 정말 멋지다는 생각이 들었습니다.

어머니와 함께 예전에 살던 집들을 하나씩 찾아가 봤습

니다. 어릴 적 생각이 참 많이 났습니다. 그 당시 쓰던 물건은 다 버렸는데 리바이스 청카바만큼은 아직도 버리지 않았습니다. 그 어린 나이에 비싼 돈 주고 산 게 어찌나 아까운지 버릴 수가 없더라고요.

쓸데없는 짐들을 이고 지고 사는 것은 싫어하지만, 이 옷만큼은 죽을 때까지 가지고 있고 싶습니다. 그리고 항상 그때 생각을 하며 아껴 쓰고 행복하게 살고 싶네요.

건물주라고
펑펑 놀러 다닐 순 없다

오랜만에 부모님 집에 가서 학교 다닐 때 받은 성적표와 상장 들을 가져온 적이 있습니다. 스캔해서 디지털로 남겨 두고 종이는 다 버리고 싶었기 때문입니다. 이것저것 스캔하다가 개근상이 눈에 들어옵니다.

어릴 적에 부모님과 선생님들은 여러 상들 중에서 개근 상이 가장 값진 상이라는 이야기를 하곤 했습니다. 성실하고 꾸준한 것만큼 값진 것은 없다면서요. 저는 초등학교 6년, 중학교 3년을 빠지지 않고 출석해서 결국 개근상을 받았습니다. 고등학교 때는 열이 펄펄 나던 어느 하루 학교를 못 가고 개근상을 놓쳐서 안타까워하기도 했습니다. 뭐가 그리 안타까웠을까요. 돌아보면 웃긴 일입니다. 학교 좀 빠진다고 큰일이 나는 것도 아닌데요. 공부를 열심히 했던 것도 아니고 책상에 앉아 자리만 지키고 있는 날이 많았는데, 그럴 거면 그냥 학교 며칠 빠지면서 서울 여행도 해보고 유명하다는 맛집들도 찾아다녀볼 걸. 개근상을 받아야 한다는 생각에 갇혀서 남들과 똑같은 경험만 하며 10년을 보냈다는 게 아쉽습니다. 남은 것이라곤 개근상장 종이 한 장이네요.

학교 다닐 때는 다른 사람들보다 잘 살기 위해 공부를 잘하는 것이 아주 중요한 일이라 느꼈습니다. 항상 평균 정도밖에 못하는 저 자신을 하찮게 생각하기도 했죠. 공부가 그다지 중요한 게 아니라는 걸, 그보다 중요하고 재밌는 것들이 많다는 걸 30살이 훌쩍 넘어서야 알게 되었습니다. 딸에게도 제발 개근상만은 받지 말라고, 아빠랑 같이 여행을 다니며 세상 공부를 하자고 말해주고 싶고요.

저에게는 2000년부터 2017년 11월 30일까지 약 18년을 함께 산 강아지가 있었습니다. 20대와 30대를 온전히 이 친구와 함께 보냈다고 해도 될 것 같습니다. 마지막 숨을 거두던 새벽에 옆에서 몸을 쓰다듬으며 오랫동안 울었던 기억이 납니다. 정말 슬픈 일이었지만 마음 한편으로는 안도감이 들었습니다.

'아, 이제 나도 어머니도 어디 여행 좀 다니면서 살 수 있겠다.'

반려동물을 키워보신 분들은 잘 아시겠지만, 집을 비워놓는 것은 언제나 큰 부담이 됩니다. 겨우 1박 2일 여행 가는 것도 힘드니까요. 강아지 키우는 일에 비할 바는 아니지만, 건물주에게도 이와 비슷한 애로 사항이 있습니다.

누군들 안 그러겠냐만 저는 시간과 공간을 자유롭게 쓰며 살고 싶습니다. 몇 년 전 회사를 그만두고 은퇴를 한 지금, 시간에 대해서는 그럭저럭 자유로워졌습니다. 이렇게 제 이야기도 글로 쓰고, 책도 마음껏 읽을 수 있습니다. 아침에 눈 떠서 그날 하고 싶은 일을 할 수 있으니 너무 행복합니다.

이렇게 살다 보니 가족들끼리 해외에 나가서 한 달 여행이나 하고 오면 어떨까 하는 생각이 종종 듭니다.

'아~ 이 추운 날씨에 발리 같은 곳에 가서 에어비앤비에 묵으며 한 달 동안 지내면 얼마나 좋을까.' 이런 행복한 상상을 할 때마다 가지고 있는 부동산이 마음에 걸려서 멈칫하게 됩니다. 13명의 세입자를 두고 한 달 동안 해외여행이나 다닌다면 운영이 제대로 될 리가 없습니다.

아이가 좀 크면 미국에서 2년 정도 살고 오려는 계획도 가지고 있는데, 이것 또한 부동산을 소유하고 있으면 힘든 이야기입니다. 부동산이라는 족쇄가 제 발목을 잡고 있다는 생각이 듭니다. 그냥 관리인 하나 두면 되지 뭘 고민이냐 하시는 분들이 많다는 것을 압니다. 그런데 세상에 믿고 일 맡길 수 있는 사람이 그리 많지 않습니다. 관리인을 두면 수익은 그만큼 줄어들고 관리인이 일을 제대로 하는지 관리해야 합니다. 돈만 주면 알아서 잘해줄 것 같다고요? 그건 너무 순진한 생각입니다.

지금 저희 건물에도 청소해주시는 분이 있지만, 비가 올 때마다 꼭 옥상에 가서 배수구에 쌓인 낙엽을 치워달라고 말을 해야 합니다. 말을 안 하면 안 해줍니다. 아니, 그런 분하고 왜 일을 하냐고요? 이 분이 그래도 일을 잘하는 편이기 때문입니다. 관리를 안 해도 알아서 일해주는 관리인이 세상에 얼마나 있을까요?

날씨가 영하로 내려간다는 예보라도 보는 날에는 보일러가 얼까 봐 걱정입니다. 세입자들에게 보일러를 꼭 틀어놓으라고 신신당부하지만 여행 가서 집에 없다는 세입자들이 있습니다. 그러면 가서 켜주고 와야 합니다. 말을 해줬음에도 다음 날 아침이면 깜박 잊고 보일러를 틀지 않은 세입자에게 뜨거운 물이 안 나오는데 어떻게 하냐고 카톡이 오기도 합니다. 고쳐주러 가야 합니다.

'이야~ 별게 다 걱정이다. 그래도 세상에 그만 한 직업이 어딨냐?' 하시는 분들도 계실 것 같습니다.

맞습니다. 직업별로 차이가 있겠지만 하루 휴가 내는 것도 눈치 봐야 하는 대다수의 회사원보다는 훨씬 나은 것 같습니다. 그럼에도 건물주보다 시간과 공간에서 더 자유로운 직업들이 있습니다. 프로그래머라는 제 다른 직업도 이 중 하나에 속하는데요. 저는 프로그래머와 건물주로서의 제 생활을 종종 투자 관점에서 비교해보곤 합니다.

한 대 쳐맞기 전까지
누구나가 하는 생각들

저의 주업은 건물주가 아니라 프로그래머입니다. 지금은 1인 개발자로 혼자 일하며 앱 개발을 합니다. 건물에 신경 쓰는 시간보다 앱 개발에 신경 쓰는 시간이 많고 수익도 앱 개발에서 더 많이 나오니 앱 개발이 주업이라고 하는 게 맞겠지요?

혼자서 일을 하며 지내니 주위에서 '이제 그 정도 자리 잡았으면 사람 몇 명 뽑아서 제대로 일을 키워보라.'고 조언합니다. 그러면 저는 항상 웃으며 손사래를 칩니다.

"에이~ 내 주제에 뭘. 그냥 혼자 하는 게 편해."

이렇게 손사래를 치는 데는 나름대로의 생각이 있습니다. 저는 레버리지를 사용하는 것을 즐기지 않습니다. 사람들은 레버리지를 사용하면서 긍정적인 면을 부각해서 보고 부정적인 쪽은 잘 보려 하지 않습니다. 영끌해서 아파트를 사 큰 차익을 볼 생각으로 신나 하지만, 예상치 못하게 시세가 떨어져서 어디 팔기도 힘든 상황이 되는 시나리오는 잘 생각하지 않죠. 레버리지를 사용할 때는 잘 풀릴 때만큼이나 정반대 상황일 때의 시나리오도 염두에 둬야 합니다.

그런데 레버리지라는 게 꼭 돈을 빌리는 것만을 말하는 것이 아닙니다. 사람들끼리 모여 함께 일하는 일도 일종의 레버리지입니다. 이때는 자본이 아니라 사람을 지렛대로 사용합니다.

음식점 사장님은 직원을 레버리지로 사용해 혼자 힘으로는 만들어낼 수 없는 매출을 달성하고 직원들에게 나눠줍니다. 직원들은 돈을 벌고 사장님도 혼자 일할 때보다 더 많은 돈을 법니다. 윈윈이네요.

스타트업을 창업하는 것도 비슷합니다. 사람들이 원하는 제품을 만들기 위해 똑똑한 사람들이 모여 머리를 맞댑니다. 서로를 레버리지로 활용해 혼자서는 풀 수 없었던 문제를 해결하고 세상에 큰 가치를 만들어냅니다. 그리고 다 같이 큰 돈을 벌지요. 이 역시 윈윈입니다. 좋은 쪽으로만 생각하면 참 좋습니다. 그런데 일이 항상 잘 풀리는 것은 아니니까요.

대부분의 스타트업은 이렇습니다. 뜻이 맞는 친구들이 모여서 부푼 꿈을 안고 부자가 될 생각에 신이 나서 일을 합니다. 그런데 하다 보면 여러 가지 문제들을 맞닥뜨리게 됩니다. 제품을 완성도 못하고 다툼만 하다 헤어지는 경우가 태반이고 겨우 제품을 완성했다 하더라도 싸늘한 시장 반응에 좌절하게 되곤 하지요. 이때쯤에 대부분의 팀이 해체됩니다.

그냥 헤어지기만 한다면 다행인데 다신 안 볼 사이가 되는 경우가 많습니다. 일이 제대로 안 풀리고 어디로 갈지 방향을 잃어버리고 나면 팀 내에 갈등이 생기는 것은 당연한 일입니다. 갈등이 오래 누적되면 상대방에 대한 미움으로 번지고 이런 상황에서 팀이 해체되면 자연스레 다신 안 보게 되는 겁니다. 돈도 못 벌고 시간도 날리고 사람도 잃었네요. 마치 사람 레버리지에도 반대매매라는 게 있는 것 같지 않나요?

저에게도 비슷한 경험이 있습니다. 다행히 그 친구들은 지금도 만나고 있지만 한때 서로의 가슴을 후벼 파가며 논

쟁하던 때가 있었습니다. 생각하면 아직도 마음이 아프고 다시 겪고 싶지 않은 두려운 감정이 듭니다. 모든 레버리지에는 반작용이 있기 때문에 잘 사용해야 합니다. 사람 레버리지도 마찬가지고요.

회사원, 건물주, 앱 개발 등으로 돈을 벌어봤지만 가장 마음 편하고 쉬운 일은 회사원이었습니다. 사람들은 돈이 돈을 버는 거라고 착각하는 것만큼이나 건물주가 쉽게 돈을 번다고 오판합니다. 건물을 사고 나면 그 다음부터는 가만히 누워 있어도 돈이 들어온다고 생각합니다. 앱 개발로 돈을 번다고 하면 그냥 간단한 기술 정도 익혀둔 덕에 큰 노력 없이 돈을 번다고 생각하죠. 저를 보며 이렇게 말하는 사람들도 있었습니다.

"이럴 줄 알았으면 나도 개발자나 할 걸."

이런 사람들에게 해주고 싶은 말이 있습니다.

"언제든지 링 위로 올라오세요."

세상에 편안한 링은 없습니다. 타이슨이 이런 말을 했죠.

"누구나 그럴싸한 계획을 가지고 있다. 한 대 쳐맞기 전까지는."

지금 제가 회사 다닐 때보다 편하게 돈 벌고 있는 것이 사실입니다. 자유롭게 일하고 있고 실제 노동 시간도 얼마 되지 않으니까요. 하지만 링 위에 올라와서 수없이 맞으면서도 내려가지 않고 5년을 버텼다는 사실은 잘 알아주지 않습니다. 부모님 잘 만나서 건물을 받은 게 아니라, 10년 가까이 회사에서 뼈 빠지게 일하고, 있는 돈 없는 돈 아껴 쓰면서 모은 돈으로 건물을 샀다는 것도 물론 몰라줍니다.

회사원의 연봉이 그저 그런 것은, 회사원으로 돈 버는 게 쉬운 일이기 때문입니다. 어려운 일이었다면 회사원이 이 세상에 이렇게 많지도 않았을 겁니다.

잘 공감이 안 되시나요?

저는 2019년에는 249일, 2020년에는 270일 코딩을 했습니다. 그리고 2021년에는 가족과 함께 가평에 놀러간 날 하루를 제외한 364일 동안 일했네요. 2022년에도 하루도 빼놓지 않고 코딩을 하고 있습니다. 노력 없이 돈을 버는 일은 그냥 불가능하다고 생각하시면 됩니다. 아닐 것 같다고요?

링 위로 올라오세요. 건물 하나 가지고 있더라도, 앱 개발로 번듯한 서비스 하나 운영하고 있더라도, 가만히 누워 있으면 이 시스템은 금세 녹이 슬고 맙니다. 계속 기름칠을 해 줘야 하는 것입니다. 싸움이 시작되면 이 모든 것이 명확히 보이게 됩니다.

인생도 서비스도
모두가 장기전

아마 2012년 여름즈음이었을 겁니다. 저는 당시에 카카오에서 카톡 서버 개발자로 일하고 있었는데요. 어느 날 아침, 파라솔 의자에 앉아 카카오톡을 처음 만든(사용자 아이디가 무려 1번인) 창시자와 잡담을 나눴습니다.

저는 카톡이 많이 알려지고 나서 카카오에 합류했기 때문에 초기에 어떻게 성공했는지가 참 궁금했거든요. 어떻게 이렇게 성공한 거냐 물었죠. 그분이 대답해주셨어요.

'글쎄? 하루아침에 잘된 것은 아니다, 5년 동안 이것저것 시도했고 출시하는 것마다 실패했다, 뭘 만들든간에 사용자 10만 명을 모아보는 게 소원이었다.'고 하더군요. 저는 되물었죠.

"소원이요? 100만 명도 아니고 10만 명 모으는 게 소원이 었다고요?"

저는 속으로 참 숫자 감각이 없는 사람이라고 생각했습니다. 당시에 카카오톡의 위상은 그야말로 하늘을 뚫고 올라갈 기세였거든요. 가만히 누워서 코딱지만 파고 있어도 하루에 10만 명은 우습게 가입할 정도였습니다. 그래서 저는 10만 명이라는 숫자를 별 것 아니라고 생각했던 것 같습니다. 저 스스로는 한 번도 그런 숫자를 만들어본 적이 없으면서, 그저 남들이 만들어놓은 열차에 올라타기만 했으면서 말이지요.

그분께서 허허 웃으면서 10만 명 모으는 게 절대로 쉬운 일이 아니라고 말씀해주셨는데요. 돌아보니 정말 그랬습니다. 숫자 감각 없고 세상 물정 모르는 얼간이는 바로 저였습니다.

한때 맛집 서비스를 만들던 때였습니다. 오픈 첫날 50만 명 정도가 가입했던 것 같습니다. 며칠 지나자 100만 명이 가입했습니다. 고무적이었습니다. 한 일주일 동안은요.

카카오톡 이모티콘을 준다니 가입했던 체리피커* 사용자들은 금세 떨어져 나갔습니다. 그 후 하루 방문자는 겨우 9,000명. 저는 낙담했습니다.

서너 달을 더 해보다가 포기했습니다. 돌아보면 너무 쉽게 포기했습니다. 9,000명의 사용자가 매일 찾아와주었는데, 이제 시작이었을 뿐인데 참 배때기가 불렀었습니다. 저는 제가 어떻게 서비스를 해야 하는 건지 잘 안다고 생각했지만 쥐뿔도 모르는 얼간이었습니다.

저는 현재 직장인 소개팅 서비스 '커피한잔'을 만들어 운영하고 있습니다. 얼마 전 누적 가입자가 3만 명을 넘었습니다. 일 사용자는 겨우 2,000명. 누가 들으면 웃을 숫자입니다. 그러나 이제는 낙담하지 않습니다. 돌아보니 예전의 저와 지금의 저는 달라졌습니다. 쉽게 포기하지 않는 것의 가치를 알게 되었습니다. 서비스란 장기전. 사용자들과 오랜 시간 꾸준하게 교감을 나누며 발전시켜 나가는 것이 성장의 원동력이라는 것을 믿게 될 만큼 성숙한 것이지요.

---

* 케이크 위의 체리만을 골라 먹는 것처럼, 상품 자체를 구매하기보다는 제공된 서비스만을 챙기는 사람들을 뜻합니다.

앱 하나를 완성한다는 것은 쉬운 일도 아닐 뿐더러 설사 출시하더라도 힘든 경쟁에서 살아남아야 합니다. 이미 대부분의 분야에서 시장을 장악해버린 앱들이 많아서 더 이상은 만들 만한 앱이 없다는 생각도 들 정도입니다. 소개팅 앱 같은 경우는 하룻밤 자고 일어나면 하나씩 생기는 것 같습니다.

단순히 경쟁자만 많은 것이 아니라 속임수도 많이 일어납니다. 앱을 만든 직후 플레이스토어와 앱스토어의 가짜 후기를 돈 주고 사고파는 사람들이 있습니다. 앱에 후기가 하나도 없고 다운로드 수가 적어 보이면 사람들이 안 쓰니 돈을 주고 후기 수도 올리고 다운로드 수도 올리는 것이지요.

사람들은 저에게 커피한잔의 해자*가 뭐냐고 묻곤 합니다. "해자요? 그런 거 없는데요."

저는 솔직하게 대답합니다. 매일 새로운 경쟁자들이 튀어나오는 정글 같은 이 세계가 항상 두렵다고도 이야기합

---

* 본디 성 밖의 둘레를 파서 물을 채운, 적의 침입에 대비하기 위해 만든 방어용 못을 뜻하는 용어이나 경쟁사로부터 회사를 보호하는 독점적인 경쟁력을 뜻하는 용어로 사용됩니다.

니다. 그러나 딱 한 가지 해자가 있을지도 모르겠습니다. 온 갖 속임수를 쓰고 싶은 유혹에 빠지지 않으려는 의지 말이 지요.

집주인이 약속을 지키는 사람인지 아닌지는 전세금을 돌려줄 때가 되면 분명하게 드러납니다.

"엣헴, 새로운 사람이 들어와야 보증금을 돌려줄 수 있어."

"아니, 그러거나 말거나 계약이 끝난 날짜에 돌려줘야 지요."

"이 사람아, 돌려줄 돈이 어디 있나? 다들 이렇게 한다고. 부동산에 가서 물어봐."

다음 세입자와 상관없이 보증금을 제 날짜에 돌려주는 집주인은 많을까요, 적을까요? 저런 소리를 하는 집주인들이 셀 수도 없이 많을 겁니다. 저는 다음 세입자가 없어도 보증금을 준비해놓고 세입자가 원하는 날에 맞춰서 돈을 내어줍니다.

앱 시장도 비슷한 것 같습니다. 어딜 가나 속임수 천지입니다. 자기에게 돈을 내는 사용자들을 속입니다. 속임수를 쓰면서 잘되기까지 하는 앱들을 보면 화가 나다가도 한편으로 이런 생각이 듭니다. 어쩌면 바로 이런 속임수 앱들이

많기 때문에 내가 만든 앱이 더 빛날 수 있는 건 아닐까 하

고요.

영혼을 팔아서
살 만한 대상인가

반대매매의 의미를 잘 알고 계시나요? 주식이나 선물, 옵션 등을 신용거래한 후 과도한 하락이 발생했을 때, 증권사가 고객의 동의 없이 임의로 처분하는 것을 의미합니다. 코로나가 기승을 부리고 주식 시장에 태풍이 지나가면서 많은 사람들이 반대매매를 당했습니다.

저도 태어나서 딱 한 번 반대매매를 당할 뻔한 적이 있습니다.

제가 다니던 회사의 스톡옵션을 행사하면서 그 주식대금과 세금을 내야 했지만, 현금이 없어서 증권사에 주식을 담보로 잡은 적이 있습니다. 지금이야 이게 무슨 의미인지 알지만 그때만 해도 저는 금융 얼간이였습니다.

"대출로 진행해드릴까요?"라는 증권사 직원의 말에 아무것도 모른 채 "넵!" 하고 대답했죠.

주식이 입고되고 나서 주식을 바로 팔아 주식대금과 세금을 납부할 수도 있었지만 저는 그렇게 하지 않았습니다. 이자를 내야 한다는 것쯤은 저도 알고 있었습니다. 또 다른 얼간이 친구와 이런 대화를 나눴던 기억이 납니다.

"야, 1퍼센트만 올라도 돈이 얼만데. 이자는 그냥 월급으로 내면 되지."

그때 대출 이자가 약 2.5~3퍼센트였던 것으로 기억합니다.

'1년 동안 3퍼센트 안 오르겠어?'

이런 생각이었는데 주가는 제 생각처럼 움직여주지 않더군요. 몇 달에 걸쳐 계속 하락했습니다. 쭉 하락하다가 한 번씩 희망고문하면서 올라주기도 하고요. 매일 주식창을 쳐다보며 '아, 그냥 바로 팔아버릴 걸.' 하는 후회를 하다가도 주가가 오르면 '조금만 더 참으면 돼.' 하는 생각을 했습니다.

시간이 지나면서 주가가 더욱 떨어지기 시작했습니다. 당시 저처럼 주식을 안 팔고 이자를 내고 있던 동료들은 다 저와 같은 마음이었을 겁니다.

'아, ×됐다.'

그날도 주가가 곤두박칠치던 날이었을 겁니다. 사무실에서 일하고 있는데 증권사 PB에게 전화가 왔습니다.

"오늘도 주가가 많이 떨어졌어요. 계좌에 돈을 더 안 넣어놓으면 반대매매 당할 수 있어요."

저는 반대매매라는 단어를 그때 처음 들었지만 그게 무슨 뜻인지 직감적으로 이해했습니다.

'이 자식들이 내 주식을 강제로 팔아버린다는 말이구나!'

아, 담보로 대출을 한다는 게 바로 이런 것이었습니다. 그때 통화하면서 머리가 쭈뼛 서던 기억은 쉽게 잊히지 않을 것 같습니다. 저는 계좌에 월급과 월세 등 돈이 생길 때마다 넣을 수 있는 돈들을 계속 넣으면서 방어했고 극도로 고통스러운 날들을 보냈습니다.

어떤 나라와 힘껏 전쟁을 치르고 있는데, 반대쪽 내 영토에 또 다른 나라가 쳐들어올 때 드는 기분이 이런 걸까요? 회사 일만 신경 쓰는 것도 힘들어 죽겠는데 돈 문제까지 겹치니 가슴을 송곳으로 콕콕 찔려가면서 사는 느낌이었습니다. 다행히 이후 주가가 올라 문제는 잘 해결되었지만, 앞으로 살면서 다시는 이런 경험을 하지 않게끔 할 겁니다.

한창 영끌해서 집 산다는 말들을 하곤 했습니다. 그야 말로 영혼까지 끌어모아 집을 산다는 뜻이지요. 저는 영혼을 끌어모은다는 말보다 영혼을 판다는 말을 조금 더 좋아합니다. 대출 받으면서 영혼을 판다는 말은 좀 과장스러워 보이긴 하지만 이게 그리 틀린 말은 아닌 것 같습니다.

대출을 '영끌'로 받으면 하루 종일 머릿속에 빚 생각이 떠나질 않습니다. 퇴근해서 쉴 때에도, 자려고 눈을 감았을 때도 돈 생각만 하게 됩니다. 요즘 제가 '나를 위해서 돈을 어떻게 쓸까?'를 고민하며 산다면 당시에는 '빚을 갚기 위해 나를 어떻게 쓸까?' 하며 살았으니 삶이 완전히 바뀐 셈입니다. 돈 몇천만 원 대출하는 것이 아니라 '영끌'해서 대출을 받으면 영혼이 팔린 것 같은 이 감정을 누구라도 느끼리라 생각합니다.

저는 이 반대매매 사건 이후 주가가 회복했을 때 빚을 다 갚고 나서 마음의 평안을 찾았는데요. 그 이후로는 빚을 지지 않고 살고 있습니다. 이 마음의 평안을 경제적인 가치로 환산하면 얼마가 될까 하고 가끔 생각해봅니다. 행복 수익률은 저에게 가장 중요한 지표이기 때문에 저는 앞으로도 계속 이렇게 살고 싶습니다.

인생이 빚에 저당 잡힐 때
일어나는 일들

근저당권이 뭔지 알고 계신가요?

① 등기부등본에 나온 채권최고액은 왜 내가 빌린 대출 원금과 다른 금액이지?

② 등기부등본에 근저당 설정이 되어 있고 집주인이 돈을 다 갚아 대출 잔액이 0원인 경우 이 집에 전세로 들어가는 것은 안전할까?

이 두 가지 질문에 답할 수 있으면 저당과 근저당의 차이를 안다고 할 수 있겠습니다.

저당권이란 "채무자 또는 제삼자가 채무의 담보로 제공한 부동산의 점유를 이전하지 않고 채무의 담보로 제공한 부동산에 대해 다른 채권자보다 자기 채권의 우선변제를 받을 권리"를 말합니다(민법 제356조). 반면 근저당권은 "계속적인 거래관계로부터 발생하는 불특정 다수의 채권을 장래의 결산기에 일정한 한도액까지 담보하기 위해 설정하는 저당권"을 말하지요(민법 제357조).

너무 어려우니 쉽게 설명해보겠습니다. 근저당권은 마치 마이너스 통장과 같은 개념이라고 생각하셔도 좋을 듯한데요. 1억 원을 빌려 특정 날짜에 1억 원을 갚는다는 약속이 저당이라면, 근저당은 1억 원을 특정 날짜까지 갚되 중간에 일정액을 갚거나 다시 빌릴 수도 있는 약속입니다.[*]

저당권	근저당권
-특정 채무 1건에 대해서 유지되는 약속	-횟수에 상관없이 채무상황 변화
-금액을 정확히 특정	-연속되는 거래의 총 한도액을 설정
-실제 채권 금액만큼 설정	-실제 채권액의 약 120%를 설정
-채권을 갚으면 효력이 상실	-채권을 갚아도 등기 효력이 유지

[*] 위의 표는 유튜브 채널 '후스파파공인중개썰'의 "'저당' 과 '근저당' 의 차이점을 모르면 전세금을 날릴 수 있습니다" 편을 참고했습니다.

은행에서 돈을 빌려주고 근저당권을 설정하는 이유는 크게 두 가지입니다. 첫째는 밀린 이자를 확보하고 둘째는 일부 또는 전부를 상환한 후에 다시 발생할 수 있는 채권의 우선순위를 유리하게 확보하기 위해서입니다.

제가 건물을 샀던 2013년, 저는 전 주인이 S은행에 근저당 잡힌 2억 4,000만 원의 대출을 승계했습니다.

기록을 찾아보니 한 달 이자가 107만 원.

2013.08.25 22:47:26
S은행

출금 1,070,000원
잔액 -37,131,811원

잔액 무엇…? 대출 금리가 5.35퍼센트였네요. 2금융권 대출이어서 그런 건가? 당시 제 신용대출 금리가 약 3퍼센트로 기억하는데 많이도 받아먹었네요.

이때부터 피곤했습니다. 빚을 진다는 게 이런 느낌이구나. 저녁 늦게까지 일하고 집에 돌아와서도 머릿속에는 온통 대출금 생각뿐이었습니다. 내 월급이 얼마니까 월세가 언제 언제 들어오면 얼마 얼마를 갚고… 이렇게 갚고 저렇게 갚다 보면 원금이 이만큼 줄어드니까 이자도 이만큼 줄고… 잠깐의 짬만 나도 이런 계산을 매번 했습니다. 했던 계산 또 하고 또 하고. 좀 잊고 편하게 쉬면 되는데 잘 잊히지가 않았죠. 자꾸만 떠오르는 걸요.

어떤 사람은 대출금 갚는 것도 재미라는 말을 합니다. 조금씩 갚아나가며 이자가 줄어가는 것을 보는 게 뿌듯하고 기쁘다고요. 그 마음이 뭔지 저도 알겠습니다만, 그게 재미있다고는 표현하지 못하겠습니다. 세상에 재밌는 게 얼마나 많은데, 쉬는 시간까지도 돈 생각만 하며 살긴 싫은 거지요.

앞서 말씀드린 대로 저는 전세를 월세로 전환하는 과정에서 스톡옵션을 행사해 주식담보 대출을 받았고, 반대매매를 당할 뻔하는 위기로까지 몰리면서 극도의 스트레스를 받았습니다. 이후 주식이 올랐을 때 한 번에 대출금을 갚았고, 은행에 연락해 근저당도 해지해달라고 요구했죠. 그때 은행에서 왜 그렇게 다급하게 연락을 해 근저당을 해지하지 말 것을 요청했을까요? 그때는 그 이유를 잘 이해하지 못했습니다. 근저당권이 뭔지 잘 몰랐으니까요.

이제와서 돌아보니 은행 입장에서는 당연히 해지하기 싫었을 겁니다. 제가 언제 돈을 다시 빌리든 세입자들보다 우선한 채권 순위를 가지고 있는데 안 빌려줄 이유가 없습니다. 채권최고액을 120퍼센트로 설정해뒀으니 제가 돈을 잘 갚든 안 갚든 땡큐입니다.

저는 등기부등본에 찜찜함을 남겨두기 싫은 마음뿐이었고 2금융권도 지긋지긋했습니다. 내가 앞으로 다시 돈을 빌려도 너희에게 빌리고 싶지는 않다는 마음이었지요. 지금 돌아보니 잘 모르고 하긴 했어도 나쁘지 않은 선택이었습니다. 대출을 다 갚고 나니 드디어 마음에 평안이 찾아왔거든요.

융자가 전혀 없는 집이니 필요에 따라 전세든 월세든 상황에 맞게 조절해가며 받을 수 있었습니다. 주식을 사고 싶을 때는 방들을 전세로 전환해 주식을 살 수 있었습니다. 현금이 넉넉해지면 월세로 전환해 월세를 늘렸습니다. 무엇보다 요즘처럼 금리가 가파르게 오르고 집값이 떨어져도 마음이 편안합니다.

오히려 다른 투자 기회를 찾아볼 수 있는 여유까지 생겼는걸요. 저는 이렇게 투자하는 게 좋습니다.

일하지 않아도
돈을 벌어주는 시스템

건물을 산 것은 별생각 없이 시작한 일이고, 이것 때문에 고생도 많이 했지만 어쨌든 지금은 꾸준히 월 소득이 나오는 시스템이 되었습니다. 내가 일하지 않아도 나를 위해 돈을 벌어주는 시스템. 캬, 끝내주죠?

엠제이 드마코의 《부의 추월차선》이라는 책을 읽으면서 처음으로 시스템에 대해 생각해보게 됐습니다. 2017년도에 다니던 회사를 그만두고 잠시 쉬면서 이 책을 읽었는데요.

'세상은 그렇게 사는 게 아니야, 임마.'

회사에서 열심히 일만 하며 살았던 저에게 책은 이렇게 뒤통수를 빡 때리며 말해줬습니다.

엠제이 드마코는 시간의 중요성을 강조했습니다. '내가

노동하지 않아도 나를 위해 돈을 벌어주는 시스템을 만들어라, 만약 시간과 돈 중 하나를 선택해야 한다면 반드시 시간을 선택해라.' 뭐, 이런 말들이 기억납니다.

이 이야기에 많이 공감했기 때문에 저는 이제 회사를 그만두고 시간을 자유롭게 쓰며 살고 있습니다. 회사까지 다니면 돈은 훨씬 많이 벌겠지만, 시간을 포기하고 싶지가 않습니다. 시간을 펑펑 쓰며 사는 것은 정말 멋진 일이지만, 시스템을 만들 때는 시간 말고 스트레스도 고려해야 한다는 걸 깨달았습니다.

건물이라는 시스템을 의도치 않게 만들긴 했지만, 이 시스템은 제게 그리 즐겁지 않았습니다. 노동시간에 비해 수익은 만족스러웠지만 스트레스를 많이 받았거든요. 어떤 때는 인생에서 가장 큰 고통을 겪기도 했습니다. 옆집에 사는 사람과 형사소송하는 일 그거 절대 쉬운 일이 아닙니다.

시스템이 아무리 돈을 벌어줘도 이 시스템으로 인해 스트레스를 받아서는 안됩니다. 《부의 추월차선》을 읽고 나서 저는 제가 잘할 수 있고 좋아하는 일인 프로그래밍으로 또 다른 시스템을 만들고 싶었습니다. 그렇게 앱 개발을 시작한 지 벌써 5년이 지났네요. 1년 가까이 만들어서 앱을 출시하고, 4년이 넘도록 운영하고 있습니다.

2018년에는 이익이 1,000만 원도 안 되던 것이 2019년에는 3,000만 원이 되더니, 2020년에는 건물에서 나오는 수익을 넘어섰습니다. 저의 두 번째 시스템이 만들어진 것입니다. 그것도 첫 번째 시스템인 건물주보다 훨씬 나은 시스템이요. 건물주 일을 할 때는 너무너무 하기 싫고 귀찮은 일 투성이였는데, 앱 개발은 즐겁습니다. 5년 동안 이 시스템을 어떻게 개선할까 하는 고민을 하루도 빼먹은 날이 없었던 것 같습니다.

조금씩이지만 거의 매일 일을 하고 있고요. 언젠가는 제가 만든 이 서비스에 대해서도 한번 이야기해볼 날이 왔으면 좋겠습니다.

시스템은 여러분도 만들 수 있습니다. 그런 게 있다는 걸 믿기만 한다면요. 너는 프로그래밍을 할 줄 아니까 그런 거 아니냐고 생각하실 분들이 많을 겁니다. 이렇게 생각해선 안 됩니다. 고(故) 정주영 회장은 "무슨 일이든 할 수 있다고 생각하는 사람이 해내는 법이다. 의심하면 의심하는 만큼밖에는 못 하고, 할 수 없다고 생각하면 할 수 없는 것이다."라고 말했습니다. 파랑새는 바로 옆에 있습니다. 손에 닿을 정도로 가까운 곳에 있습니다. 멀리서 찾으려고 하면 절대 찾을 수 없는 것인데 사람들은 멀리 있는 다른 것들을 부러워하며 시간을 보냅니다.

모든 사람에겐 다 자기만의 재능과 관심 분야가 있습니다. 본인에게 맞는 시스템이 뭘까 고민해보고 이를 만들어보시길 바랍니다. 회사를 그만두고 만들어도 좋고, 회사에 다니면서 아주 작게 시작해봐도 좋을 것입니다. 중요한 것은 일단 시작해서 매일매일 한 걸음씩 걸어가는 것입니다.

이게 쉬운 일이라고 말하고 싶지는 않습니다. 그러나 시스템이 완성되었을 때의 만족감과 실질적인 이득이 너무나도 크기 때문에 충분히 도전해볼 만한 일입니다.

여러분은 어떤 시스템을 만들고 싶으신가요?

건물주라고 해서 행복할 수는 없다는 단순한 진리

저는 결국 건물을 내놓았습니다. 벌써 2년은 지난 일이지요. 부동산 두어 곳에 내놓고 가만히 기다렸습니다만 아무런 연락이 없습니다. 도대체 왜 안 팔리는 걸까요? 2년 전이면 부동산 가격이 하늘 높은 줄 모르고 올라가던 호황기였는데요. 원룸 건물이라 그럴까요? 가격을 비싸게 부른 걸까요? 대출 규제 때문일까요? 건물을 매각하는 전문 부동산에 내놓지 않았기 때문일까요? 부동산 중개사에게 물어봐도 요새는 거래가 없다거나 느긋이 기다려보라는 이야기밖에 들을 수가 없습니다. 살 만한 사람에게 연락을 돌렸는데 관심이 없다고 한다거나 관심이 없다면 이유는 무엇인지를 알게 된다면 전략이라는 것을 짤 수가 있을 텐데 그럴 수가 없어 답답합니다.

건물을 매각한다는 건 참 쉬운 일이 아닌 것 같습니다. 아파트처럼 뚝딱 해치워지는 일이 아닙니다. 가만히 생각해 보니 원룸 건물을 매각하기에 좋은 시기는 아래 두 개 경우 같습니다.

① 건물이 지어지자마자, 혹은 지어진 후 몇 년 이내입니다. 이때는 신축이라는 매력이 있을 때입니다. 인수해서 운영하고 싶은 사람이 많습니다.

② 건물이 지어지고 난 후 25년쯤이 지나서입니다. 아예 때려부수고 새로 짓거나 리모델링을 하려는 사람이 생깁니다. 입맛대로 고칠 수 있으니 깔끔합니다.

저의 건물은 지은 지 13년 된 건물로 신축도 아니고 구축도 아니고 아주 애매합니다. 만일 이 건물을 살 때 이런 사실을 알고 있었다면, '내가 이 건물을 사면 앞으로 20년은 관리하면서 살아야 한다.'라는 각오를 했더라면 좋았을 텐데요. 건물 구입 전에 알았어야 할 가장 중요한 정보는 바로 이게 아니었을까 생각합니다.

앞서 말씀드린 대로 저는 진지하지 못했습니다. 팔리면 좋고 아니면 어쩔 수 없다고 생각했지요. 조금 귀찮은 일들이 있긴 하지만 매달 수익이 잘 나오고 있는데 서둘러서 팔이유가 있나 하는 생각을 할 뿐이었지요. 부동산 열기가 식기 전에 열심히 팔아볼 걸.

건물이라면 한숨부터 나오는 지금에 와서도, 건물주로 살았기 때문에 누렸던 기쁨에 대해서는 인정할 수밖에 없습니다. 월세가 없었다면 회사를 그만둔 뒤 몇 년 동안 앱 개발에 집중할 수 없었을지 모릅니다. 주식이 오르든 떨어지든, 경제 위기가 오건 말건 매달 꾸준히 나오는 월세는 심리적으로 큰 안정이 되어주었습니다.

하지만 편했던 것만은 아니었습니다. 심리적으로나 육체적으로나 스트레스를 받았고, 건물주만 아니었다면 겪지 않았어도 될 일을 겪을 일도 없었겠지요. 비가 많이 와도 걱정, 날이 추워져도 걱정, 세입자들에게 전화가 오는 것도 걱정, 그저 걱정뿐인 날이었습니다. 저는 어쩌면 '내가 잘하고 좋아하는 일을 하면서 돈을 벌 수 있다면 얼마나 행복할까?'라는 질문에 대한 해답을 찾기 위해 건물주라는 기나긴 학교 생활을 한 것일지도 모릅니다.

건물주가 누구에게나 힘든 일은 아닐 겁니다. 건물 관리나 운영에 관심이 많은 사람들이라면 누구보다 즐겁게, 여유를 누리며 할 수 있는 일일 테지요. 10년여의 건물주 생활동안 제가 깨달은 것은, 건물주가 적성에 맞는 사람들이 건물을 운영해야지 그저 매달 나오는 월세만 바라보고 건물을 덥썩 사면 고생을 하게 될 수 있다는 사실입니다. 제 이야기가 현실적인 건물주의 모습을 여러분들에게 보여줬기를 바랍니다. 더불어 돈을 번다는 것에 대해서 그리고 여러분들이 진짜 좋아하는 것이 무엇인지에 대해서 한 번 진지하게 생각해볼 수 있는 계기가 된다면 기쁠 것 같습니다.

감사의 글

어머니와 함께 건물 운영을 한다는 것은 특별한 경험이 었습니다. 부모님과 함께 일을 한다는 것이 흔한 경험은 아니니까요. 운영하면서 많이 다투기도 했습니다. 그래도 좋았습니다. 건물 덕분에 어머니를 더 자주 만났고 많이 대화할 수 있었습니다. 나중에는 이 모든 경험이 소중한 기억으로 자리 잡을 것이라 생각합니다. 이 책을 쓰는 것을 어머니께 말씀드리지는 않았지만, 책이 나오면 깜짝 선물로 드릴 생각입니다. 감사하고 사랑합니다.

아내 또한 많은 일들을 함께했습니다. 제 고민을 들어주고 건물 인테리어나 운영을 도와주었을 뿐 아니라 이 책의 원고를 리뷰해주기도 했습니다. 함께한 덕에 수월하게 일할 수 있었습니다.

글을 쓸 때마다 읽어주고 피드백을 준 친구들이 있습니다. 제 마지막 회사인 루트원 동료들 특히 윤연호, 최진영, 가혜민, 최인욱, 정진영, 권수지, 박가영이 많은 조언을 해주었습니다.

추천사를 써준 심상민, 전태연, 김현학에게도 감사합니다.

아마 이 책은 제 처음이자 마지막 책이 될지도 모르겠습니다. 책이 나오기까지 포기하지 않도록 도와주셨던 편집자 박지혜 님 감사합니다.